J'ai menti

Virginie Madeira
Brigitte Vital-Durand

J'ai menti

Stock

Afin de respecter l'anonymat des différents protagonistes, les noms des personnes, des villes, des lieux, des établissements scolaires ou autre ont été modifiés.

Préface

Le 12 juin 2001, Antonio Madeira était condamné à douze ans de réclusion criminelle et à dix ans d'interdiction de ses droits civils, civiques et de famille pour des viols répétés sur sa fille Virginie. De ce crime, Antonio Madeira était innocent. Je l'ai compris, je l'ai su dès notre première rencontre, à l'automne 2005. C'était dans une maison centrale de l'Est de la France. Autour de ce bâtiment ancien entouré de murs en rase campagne, il y a un domaine appartenant à l'administration pénitentiaire où tout le monde peut entrer et sortir, avec des pavillons, le logement de fonction du directeur et toutes sortes de locaux.

Quand j'ai demandé à voir M. Antonio Madeira, à ma grande surprise, on m'a dit qu'il était sorti.

Et, effectivement, il était dehors. Il travaillait sur un chantier du domaine. C'est lui qui faisait la maçonnerie de l'établissement. Je l'ai vu arriver de l'extérieur, en tenue de travail, seul, sans escorte ni bracelet. Il était comme libre. L'administration pénitentiaire n'a jamais pensé qu'il pouvait s'enfuir.

Je me souviens de cet homme calme, patient, sage. Il parlait avec pudeur, conscient d'avoir été pris dans un engrenage. Il croyait aveuglément en ses avocats et en la justice. Il était dans la logique des braves gens qui font confiance et attendent en pensant qu'un jour on allait bien s'apercevoir de la méprise.

Il n'en fut rien. Il n'en est toujours rien. « Nous rendons justice les mains tremblantes », a récemment affirmé le plus haut magistrat de France. Mais aucune main n'a tremblé pour condamner Antonio Madeira. Sûrs d'eux, policiers et magistrats ont envoyé un innocent dans les geôles pour le plus atroce des crimes. C'est cet homme intègre que je défends aujourd'hui.

Il peut paraître étonnant, voire choquant, en tout cas peu banal, que l'avocat de la victime d'une grave erreur judiciaire accepte de préfacer l'ouvrage écrit par celle qui l'a accusée. La raison tient au comportement exemplaire et courageux de Mlle Virginie Madeira. Elle veut rendre à son père son innocence, son honneur et sa liberté. Ce courage, combien de fausses victimes d'infractions sexuelles l'ont-elles ? Pratiquement aucune, enkystées qu'elles sont dans le mensonge et dans la peur de se voir publiquement démasquées. Je souhaite que son témoignage serve d'exemple à beaucoup d'autres personnes dans sa situation et leur donne le courage d'avouer à leur tour : J'ai menti.

Jean-Marc Florand,
avocat à la cour d'appel de Paris

Je m'appelle Virginie Madeira
J'ai vingt et un ans
Je suis étudiante.

Quand j'avais quatorze ans, j'ai dit à une camarade de classe que mon père avait « abusé » de moi. Ce n'était pas vrai.

Je fais ce livre pour raconter comment, à l'école, au commissariat de police, au palais de justice, au foyer de l'enfance, dans ma famille d'accueil, personne n'a pensé que ce n'était qu'un mensonge.

Mon père a été condamné à douze ans de prison.

Je voudrais aujourd'hui que tout le monde sache la vérité : mon père est innocent.

Voici mon histoire.

Mon père

Mon père est quelqu'un de calme, de doux. Il n'est pas violent du tout. Par contre, il est têtu. À la maison, il est peu autoritaire avec moi ou avec mes frères. Avec nous, ses enfants, il ne s'énerve jamais.

Mon père est mince, brun. Il est toujours en jean.

Le matin, c'est lui qui m'emmenait au collège parce que c'était sur son chemin. À six heures et demie, il tapait à la porte de ma chambre pour me réveiller. Pendant qu'on prenait le petit déjeuner à la cuisine, il mettait « Télématin » sur la 2, moi, je voulais les dessins animés. Il préparait parfois des tartines, parfois des céréales, ou alors je ne voulais pas déjeuner. Il me poussait pour que je me dépêche, il fallait qu'il soit à l'heure à son travail. Moi, je ronchonnais un peu. Lui ne criait pas. Mais il me disait tout le temps : « Virginie, il est moins dix, il faut que j'arrive à l'heure... Si tu n'es pas prête, je vais appeler maman, c'est elle qui va t'emmener. » Je savais très bien qu'il n'allait pas l'appeler et que c'était lui qui allait m'accompagner.

Mon père, artisan maçon, était un travailleur acharné. C'était important pour lui. C'est quelqu'un qui prend son travail à cœur. Ce n'est pas qu'il ne se souciait pas de la famille, mais il ne le montrait pas.

Il avait une petite entreprise avec trois ou quatre ouvriers. Il parlait souvent de son travail quand on était à table. On mangeait, le téléphone sonnait, c'étaient des clients. Il avait son bureau à la maison, il passait son temps sur l'ordinateur à faire des devis ou des comptes.

Avant mes neuf ans, on habitait un appartement à Croix-Rouge, un quartier de Reims. Après, on a déménagé à Muizon, un village à environ dix kilomètres, dans une maison que mon père a construite. Elle était grande, avec un étage et trois entrées. On avait un jardin, un hangar et un parking pour mettre les voitures : celles de mes parents et du travail de mon père, et celle de mon frère – j'ai un frère aîné, Frederico, qui a trente ans aujourd'hui, et un petit frère, Francisco, qui a douze ans. Dans le jardin, il y avait des arbres, un pommier, un poirier, un cerisier, des fleurs, des thuyas qui entouraient la maison, un grand portail automatique et un portillon.

On n'a plus la maison, maman l'a vendue l'année dernière à une société juste à côté qui voulait l'acheter depuis longtemps. Dans mon dossier, j'ai gardé un plan.

La maison devait faire environ trois cents mètres carrés. À l'intérieur, les murs étaient crème et les plafonds blancs. Au rez-de-chaussée, en entrant par la porte de derrière, juste à droite, il y avait le bureau de mon père. C'était son coin, avec son ordinateur, deux grands bureaux placés en L, une imprimante, une photocopieuse, les dossiers des clients, la comptabilité. En face, c'était la cuisine, avec l'arrière-cuisine. Mon père préférait dire la « chaufferie ». On avait beaucoup de place. Plus loin, la salle de bains avec une douche et une baignoire, la lingerie, un petit placard à chaussures derrière un rideau, deux très grands placards où on rangeait nos manteaux. En face de la lingerie, on avait une salle de jeux à côté du salon. Mon père avait mis un tableau noir avec des craies. Je faisais des dessins, je jouais à la maîtresse avec mon petit frère, mon cousin David et le fils d'un de nos anciens amis. Ils avaient trois ou quatre ans. Je leur apprenais les additions.

C'est dans la salle de jeux au rez-de-chaussée que ma grand-mère maternelle s'est installée quand elle est venue habiter chez nous, l'été 1993. Elle venait du Portugal et est restée deux ans chez nous. C'est grâce à elle que j'ai appris à parler le portugais. Je me souviens qu'elle ne sortait jamais de la maison. Elle était très présente auprès de nous. Bien sûr, on dînait toujours ensemble. J'aimais bien rester avec elle, c'est elle qui me gardait. Elle était là quand mon petit frère est né, en août 1994.

À l'avant de la maison, on avait une salle de séjour, immense, avec une porte vitrée, une porte-fenêtre, deux fenêtres, une table ronde, un vaisselier, un meuble pour les cassettes de famille, deux fauteuils, une table de salon, un canapé, la télévision, des plantes. Elle faisait quarante mètres carrés. Un jour, avec David, on s'amusait à lancer des coussins, on a cassé la lampe du plafond. Elle était en verre, tous les morceaux sont tombés par terre. Ma grand-mère est arrivée immédiatement en demandant ce qui se passait.

Nous, on se tenait le plus souvent à la cuisine. Pour Noël, c'était bien, maman et moi, on faisait une grande crèche dans l'entrée avec du papier rocher, de la mousse qu'on prenait dans les bois, et on mettait tous les personnages, de Jésus jusqu'au boulanger. On faisait tout un village, j'aimais bien l'installer, avec des guirlandes lumineuses entourant la crèche, une petite montagne pour les Rois mages. C'était très beau.

Je me souviens encore du jour où j'ai appris que le Père Noël n'existait pas. C'était vraiment tard, j'avais sept ou huit ans. Dans la cour de récréation, j'avais entendu dire par un autre enfant que le Père Noël n'existait pas. Comme je protestais, une fille a dit : « Mais laissez-la, si elle y croit. » Quand ma mère est venue me chercher, je lui ai raconté, et, là, elle m'a dit : « Eh bien, il était temps, Virginie ! »

L'escalier se trouvait au milieu de la maison. Quand je regarde le plan, ça me fait des souvenirs. À l'étage, à gauche, la chambre de mes parents, vingt-sept mètres carrés, à côté, c'est ma chambre, aussi grande. J'avais de la place pour danser. J'aimais bien la musique pour les enfants, les comptines. J'avais des livres, j'adorais ceux de la comtesse de Ségur, je les emmenais au Portugal dans la famille de mes parents, pendant les vacances : *Les Malheurs de Sophie*, *Les Bons Enfants*, *Les Petites Filles modèles*...

C'est mon père qui m'a offert mon premier livre. Chaque fois qu'on allait au bureau de tabac, le dimanche, je lui réclamais quelque chose et il n'arrivait jamais à me le refuser. Ma mère savait mieux dire non.

Dans ma chambre, j'avais mes poupées, avec beaucoup de vêtements. C'est ma grand-mère maternelle qui les fabriquait, elle les tricotait, mais, surtout, elle cousait, des chemises, des belles robes. J'en avais beaucoup, je les rangeais dans le carton de l'aspirateur. J'adorais jouer à la poupée, faire la maman. J'en avais une que j'avais appelée Sarah, je l'ai encore, d'ailleurs, j'avais d'autres poupées, des nounours aussi. J'étais la seule fille de la famille, mes parents m'avaient désirée, j'étais gâtée.

J'aimais bien rêver.

Ce que je préférais, c'était imaginer que je n'étais pas de ce monde-là, que j'étais reine d'une autre planète. Je n'étais pas malheureuse, je m'évadais. Alors, je me sentais supérieure, j'étais seule à voir quelqu'un d'invisible, quelqu'un que les autres ne pouvaient pas voir. On était mariés tout les deux et j'avais une fille qui s'appelait Sarah.

Mon petit frère est pareil, il aime bien se raconter des histoires dont il est le héros, il est dans la lune. Je pense que tous les enfants sont comme ça, ils s'imaginent un monde.

J'ai toujours senti une sorte de vide en moi, comme s'il me manquait quelque chose. Ma mère a suivi un traitement pour la fertilité avant ma naissance, il y avait deux ovules et elle en a perdu un. Je me disais souvent : qu'est-ce que ça me ferait si j'avais un frère jumeau ou une sœur jumelle ? Maintenant, je n'ai plus ce sentiment. Je pense seulement aujourd'hui qu'il me manquait un frère ou une sœur de mon âge pour jouer avec moi.

Entre ma chambre et celle de mes parents, il y avait un balcon. La chambre de mes parents était de la même dimension que la mienne, mais avec un grand lit et une télévision. Parfois, le soir, quand il n'y avait pas d'école le lendemain, je rejoignais ma mère pour regarder la télévision. Mon père restait en bas, dans son bureau, pour travailler.

Pas très loin, il y avait la chambre de mon petit frère, c'était la plus petite chambre de la maison. À l'époque, il avait du mal à s'endormir, alors, j'allais lui raconter des histoires et je restais dormir avec lui. Il était ravi. En plus, on avait une chambre d'amis. C'est là que mon oncle maternel et ma tante sont venus s'installer pendant deux ans, presque en même temps que ma grand-mère. Ils venaient du Portugal. Mon oncle était maçon, il travaillait pour mon père, ma tante était femme de ménage. Ils avaient un petit garçon, mon cousin germain, que j'aime beaucoup. Le soir, on mangeait tous ensemble. Ils partageaient la vie de la maison.

Puis il y avait un grand palier, avec le bureau de ma mère, et beaucoup de plantes. Il y avait aussi une table de marbre et un canapé.

À côté, c'était la chambre de Frederico. Il a neuf ans de plus que moi. Il est schizophrène. Sa maladie s'est déclarée pendant son service militaire, début 1996. Je n'ai pas trop de souvenirs de lui avant son service militaire. Il était très violent avec ma mère, il l'insultait, je ne sais plus ce qu'il disait, j'étais trop petite, mais c'était dur.

Mon père était trop occupé par son travail. Il ne se rendait pas compte que ma mère avait besoin de lui. La maladie de mon frère était difficile à comprendre, et ma mère se plaignait souvent auprès de moi que mon père n'était pas assez attentif. Elle s'inquiétait beaucoup pour mon frère. Je voyais bien qu'elle n'arrivait pas à faire comprendre à mon père qu'elle avait besoin de lui. Parfois, j'allais le voir, je lui disais qu'il devait faire quelque chose pour Frederico. Mais lui, il pensait qu'il suffisait de parler avec mon frère pour arranger les choses. Ma mère voyait bien que c'était plus grave.

Frederico se sentait persécuté, il pensait qu'il y avait des personnes qui lui voulaient du mal. Parfois, il en parlait à ma mère, alors j'écoutais ; il disait que des ambulances le suivaient quand il était en voiture, il pensait que c'était pour lui. À son anniversaire, fin mars 1999, il avait vingt-trois ans, on lui avait offert un portable. Quelques jours après, il m'a demandé comment ça marchait. Comme je ne savais pas, il m'a donné un coup de pied. Mon père est arrivé presque à ce moment-là, et ma mère lui a tout raconté. Cette fois-ci, mon père s'est fâché contre lui. Je me souviens qu'il l'a averti de ne plus toucher à un cheveu de ma tête, il lui a dit de s'en aller, et de ne revenir que le soir. Mon frère l'a écouté, il est parti.

Je suis allée me cacher dans l'armoire de mes parents. J'avais peur de lui. Et lui me disait que je jouais à la star. On aurait dit qu'il m'en voulait. Il en voulait à tout le monde.

Quand il commençait à être dangereux pour lui et pour les autres, c'était tout le temps ma mère qui faisait ce qu'il fallait pour l'hospitaliser.

Je me souviens d'un réveillon de Noël. On avait de la famille qui venait de Toulouse, un couple d'amis et, donc, mon oncle et ma tante. Il y avait aussi des enfants. En tout, on était dix-sept. En début de soirée, Frederico a voulu mettre une cassette vidéo, mon père n'a pas voulu, il la trouvait trop violente. Frederico a commencé à s'énerver, il est monté dans sa chambre, a cassé sa porte, est redescendu et a crié contre mon père. Ma mère m'a demandé d'emmener les enfants dans la salle de jeux. Elle commençait à avoir peur qu'il devienne dangereux, comme les autres fois. Je sais que ce jour-là il s'est fait une entorse en cassant la porte.

Je me rappelle que, plus tard, Frederico a distribué ses cadeaux à tout le monde comme si de rien n'était. Nous, on était tous tristes.

Huit jours après, il a recommencé à aller mal. Il en voulait à ma mère, il l'insultait, il s'acharnait tout le temps. Ma mère a pris le téléphone et a appelé le médecin pour le prévenir que Frederico n'allait pas bien. Le médecin a entendu mon frère dire que si les ambulanciers continuaient à le suivre il en tuerait un. Il est venu à la maison, il a vu l'état dans lequel était mon frère, son agressivité maladive. Je me souviens de l'arrivée du camion des pompiers, de la gendarmerie, de les avoir vus entrer dans la maison, de les avoir entendus aller un peu partout. Ils l'ont emmené de force à l'hôpital.

Après quelques jours, mon frère est revenu à la maison. Il avait fugué.

Je voudrais juste raconter la dernière hospitalisation de Frederico. Je ne sais plus comment ça a commencé. Mais je me rappelle qu'encore une fois les pompiers étaient venus. Je pense qu'il a dû les entendre, et, sans prendre le temps de mettre ses chaussures, il s'est enfui par le balcon de sa chambre. Il faisait nuit, il pleuvait. Je me rappelle l'avoir cherché avec ma mère du haut du balcon. Mon père avait pris un phare, les gendarmes avaient leurs torches, tout le monde le cherchait. Ça a duré presque deux heures. Tout à coup, on l'a vu avancer, les bras en l'air, en chaussettes, il disait : « Je me rends, je me rends », il était couvert de boue. Il s'était caché sous un camion des voisins. J'étais triste, ça me faisait de la peine pour lui. Il a été hospitalisé.

Après, il appelait sept ou huit fois par jour. Quand j'étais là, c'était moi qui répondais, ma mère n'en pouvait plus.

Par rapport à la maladie de mon frère, il y avait des collègues du travail de ma mère qui lui demandaient : « Virginie, elle va bien ? » Ma mère répondait : « Oui, je pense. »

Mon petit frère est né le jour du vingtième anniversaire de mariage de mes parents. C'était leur cadeau ! Il est né très tôt, vers 5 heures, j'ai été la première à le voir, avec mon père. J'étais contente.

J'étais contente de m'occuper de lui, et je le suis encore aujourd'hui. C'est vrai, au début, j'étais un peu jalouse, mais ma mère m'a dit que c'était normal. Et puis c'est passé. Je lui donnais le biberon. Je l'aime énormément. Maintenant, je l'aide à faire ses devoirs, on est souvent ensemble, on aime bien parler tous les deux. Mon père était content lui aussi, mais comme c'était un garçon je restais sa fille, sa seule fille. Ce n'était pas un père qui montrait ses sentiments. Il était très gentil. Plus gentil que lui, il n'y a pas. On peut parler avec lui, et avec lui je n'étais pas timide.

Ce que j'aimais, c'était faire des surprises. La veille de l'anniversaire de ma mère, ou pour la fête des Mères, je demandais à mon père de m'aider à gonfler des ballons, et on les accrochait dans la cuisine. Une fois, je me suis levée avant elle, j'ai réveillé mon petit frère, on est allés à la cuisine et, quand ma mère est entrée, on a mis de la musique et on s'est mis à chanter tous les deux. Ma mère a sursauté, et on a tous ri. Pour la fête de mon père et son anniversaire, je faisais pareil, sauf que c'était ma mère qui m'aidait à mettre les ballons dans son bureau.

Ma mère, je lui ressemble. Elle a des cheveux courts. Elle peut être rigolote, comme moi. On peut rigoler toutes les deux comme on peut se disputer. On s'entend bien. On s'aime beaucoup. Aujourd'hui, on peut se parler des heures au téléphone. Elle est plus sévère que mon père. Ma mère a cinquante ans, trois ans de moins que mon père. Elle était aide-soignante dans une maison de retraite de la ville. Elle a pris sa retraite en 1998, c'est mon père qui a insisté pour qu'elle s'arrête de travailler.

Mes parents ont toujours vécu ensemble. Enfants, ils habitaient le même village au Portugal, au centre du pays. À cette époque, le pays vivait sous la domination du dictateur Salazar. Mes grands-parents paternels possédaient des vignes et des terres où ils cultivaient du maïs, ils fabriquaient aussi de l'huile d'olive. Ils avaient huit enfants, trois garçons et cinq filles. Mon père était le quatrième. Il est allé à l'école jusqu'à douze ans. Mais il a commencé à travailler avant. À huit ans, il était dans les champs pour guider les bœufs qui labouraient. Il aidait à garder les moutons. De temps en temps, il accompagnait l'âne de ma grand-mère qui portait l'eau de l'arrosage. L'âne tournait en rond, mon père le suivait avec un bâton. Quand on avait besoin de quelqu'un, mon père allait aider. Il travaillait aussi dans les carrières, comme les autres enfants, et portait les pierres dans de grands paniers posés sur sa tête.

Quand mon père a eu dix ans, mon grand-père est parti en Angola pour voir s'il pouvait améliorer la vie de sa famille. Il y est resté sept ans. Pendant ce temps-là, ma grand-mère a dû élever ses enfants toute seule. Tout le monde travaillait. De temps en temps, mon père allait aider à charger du bois dans la forêt pour chauffer le four de la boulangerie du village. Vers quinze ans, il récoltait la résine des sapins.

Au retour de son père, il avait presque dix-huit ans, il a voulu partir à son tour pour avoir une meilleure vie. Il a choisi la France. Il était seul et avait peu d'argent. Mais il voulait réussir. À vingt ans, il est retourné au Portugal parce qu'il devait faire son service militaire. Mon père ne voulait pas qu'on le prenne pour un déserteur.

Mes parents se sont mariés au Portugal en août 1974, Frederico est né en mars 1976. Il avait vingt-cinq jours quand mes parents sont venus en France.

Ma mère est la deuxième d'une famille de trois enfants. Elle a une sœur aînée et un frère qui a neuf ans de moins qu'elle. C'est lui qui est venu plus tard avec sa femme et leur petit garçon habiter quelque temps chez nous. Mes grands-parents maternels vivaient des terres et des vignes, comme la famille de mon père.

À dix ans, ma mère, pendant les vacances, allait l'après-midi dans les carrières de son grand-père. Elle aidait aussi ses parents. Vers treize ans, elle travaillait dans les champs, elle cultivait les olives, le maïs. Une fois par semaine, elle travaillait sur les terres de son oncle et, parfois, chez d'autres gens du village. Elle faisait un peu de tout, donnait à manger aux animaux ou faisait la lessive, et c'était à la main ; elle faisait aussi le ménage à la maison.

Mes parents se sont d'abord installés à Reims. Ma mère était femme de ménage chez des particuliers, puis au centre hospitalier régional de Reims, en tant que ASH, agent de service hospitalier. Après, elle a pris des cours pour être aide-soignante. C'est une chose que j'admire vraiment, parce que c'est dur. Elle avait, comme mon père, le niveau primaire. Tous les deux avaient arrêté l'école à douze ans. Ma mère a obtenu son diplôme d'aide-soignante en 1990. Mon père, lui, s'était mis à son compte trois ans auparavant. Il a monté son entreprise et, à son tour, a embauché des ouvriers. Au départ, mon père était simple manœuvre. C'est une réussite. Je suis fière d'eux.

Ils ont décidé de construire la maison en 1992. C'était dans la zone industrielle de Muizon. On était isolés du village, le centre était peut-être à deux kilomètres.

Qu'est-ce que je peux dire encore ? Quand j'étais bébé, à deux mois, j'ai été opérée d'une hernie ovarienne. On m'a hospitalisée. C'est ma mère qui me l'a raconté. Puis j'ai été énurétique, parce que j'avais un reflux urinaire. Mais ç'a été très dur à diagnostiquer. J'ai été opérée en février 1990, j'avais six ans. J'ai une cicatrice assez longue.

Mon frère aîné, sa seule occupation, c'est la musique. Il la met à fond. Il adore chanter. Sa passion, c'est le karaoké, c'est comme si c'était un métier pour lui. Physiquement, il a la capacité de travailler, il a un CAP de maçonnerie, mais il n'y arrive pas. Aujourd'hui, il suit un traitement qui l'a stabilisé.

Mon petit frère est en cinquième. Il travaille bien. Il veut être architecte. Quand il a entendu ça, mon père a eu les larmes aux yeux.

Le mensonge

Je suis une solitaire. À l'école, j'étais timide. J'ai toujours eu du mal à avoir des copines. En fait, c'est la première approche qui m'est difficile. Après, quand je connais bien la personne, ça va. J'ai plutôt tendance à me laisser faire, je ne me défends pas, ou, si je me défends, on se moque de moi parce que je me défends mal. Même si j'ai l'impression d'arriver à répondre, je ne réponds pas vraiment. En réfléchissant, je crois que c'est un problème de famille : ma mère est pareille, ma tante s'est toujours mal défendue, mon oncle, quand il était petit, était très timide. Même mon grand-père avait beaucoup de mal à parler avec les gens, il se bloquait, bégayait souvent.

De la maternelle à la fin du CE2, j'allais à l'école en face de chez moi, à Croix-Rouge, à

Reims, je ne mangeais pas à la cantine. J'avais une copine, je m'entendais bien avec elle, mais elle était comme moi, réservée. En CM1, j'ai changé d'école.

J'étais dans le privé, plus près du travail de ma mère. Là, à Saint-Bruno, ma mère pensait qu'on recevrait une bonne éducation. J'allais à la garderie le matin parce que ma mère travaillait tôt, je restais à la cantine et j'allais à la garderie le soir aussi. Papa venait me chercher, parfois, ça dépendait des horaires de travail de ma mère. Le niveau était un peu plus élevé, la maîtresse donnait plus de travail. Je n'avais pas toujours un bon carnet. Un jour, j'ai imité la signature de ma mère. Je l'ai très mal faite... Elle m'a disputée, et elle m'a fait copier dix fois sa signature !

Je n'avais pas beaucoup de copines. Je m'entendais bien avec une fille de mon village, son père était d'origine portugaise et sa mère était prof de dessin à Saint-Bruno. C'était la personne avec laquelle je parlais le plus de toute ma classe, mais ce n'était pas une grande amie. On se faisait la tête, on se reparlait. On faisait comme Loïs et Clark, dans les aventures de *Superman*. J'étais Superman, elle était Loïs. Elle venait chez moi quelque fois, et j'allais chez elle.

J'avais cette copine, c'était déjà bien. En CM2, il y avait une autre fille, malade mentale. On est parties en classe de neige à Bourg-Saint-Maurice, elle était dans la même chambre que moi. J'aimais bien m'occuper d'elle, j'étais même aux petits soins pour elle.

Mais, c'était toujours pareil, dès qu'il y avait un groupe de trois, je n'arrivais pas à m'intégrer. Je me sens mieux dans un contact à deux. Pourtant, j'aurais bien aimé faire partie d'un petit groupe de filles. Je n'y arrivais pas.

En sixième, les deux filles n'étaient plus là. J'ai retrouvé Aline, ma copine de CE1, mais elle n'était pas dans la même classe que moi. En cours d'année, une fille est arrivée, ses parents avaient divorcé. On est devenues copines, elle était comme moi, elle était plutôt réservée. Elle m'avait invitée une fois chez elle, et elle était venue chez moi. Il y en avait une autre de la classe qui s'intéressait à cette fille-là. Et c'était toujours la même histoire : je n'arrivais pas à accepter d'être à trois, j'avais du mal à m'adapter, j'étais jalouse. Rien de dramatique, mais c'est comme ça.

C'est une lutte entre le désir et la réalité. On peut croire que ce n'est pas grave, mais j'avais des difficultés à parler aux gens.

À l'époque, j'étais une élève moyenne. Les profs écrivaient : « Élève sérieuse », « Attentive », « Fait des efforts », « Veut faire des efforts ». La cinquième a été comme la sixième. J'avais douze ans, c'était la routine. J'aimais bien l'anglais, les maths, je n'aimais pas la bio, le sport. J'étais gentille, un peu transparente, ce n'était pas moi qui posais des problèmes... À la rentrée des classes, quand les profs devaient se souvenir des élèves, mon cas arrivait toujours en dernier.

Mais je crois que quand on me connaît on ne m'oublie pas. Je suis discrète, mais je sais m'imposer quand il le faut. Je suis contradictoire, c'est comme si j'avais deux côtés en moi, mais pas comme mon frère Frederico. Lui, ses deux côtés, c'est maladif.

En cinquième, j'étais un peu boulotte, j'étais très complexée, repliée sur moi. J'avais du mal à m'accepter, j'avais peur du regard des autres. Je ne portais pas de jupe courte, je ne me maquillais pas.

Après l'école, je rentrais à la maison, je faisais mes devoirs, regardais la télévision, retournais dans mon monde imaginaire. Mon monde secret, je n'en parlais pas.

Pendant les grandes vacances, on allait au Portugal. On se retrouvait tous en famille, dans le même village. C'était toujours de bonnes vacances, j'avais beaucoup plus de liberté qu'en France, je pouvais aller à droite et à gauche, je pouvais aller voir ma cousine, qui est aussi ma marraine. Pour une fois, mon père ne travaillait pas, il passait ses soirées avec la famille ou des copains. Ma mère était heureuse. C'était un autre monde, on allait à la plage, c'était comme si on était vraiment à notre place. On se sentait bien. Moi, j'aurais bien aimé rester là-bas. On dirait que, là-bas, les racines repoussent, qu'elles ressurgissent.

À la rentrée en quatrième, toujours à Saint-Bruno, j'ai retrouvé Aline, elle était dans ma classe. Elle était aussi amie avec une autre fille que je connaissais. C'était un peu dur parce qu'elles étaient deux, j'avais toujours un peu peur d'être mise à l'écart, mais j'ai passé l'année avec elles deux.

Je n'étais pas malheureuse, mais c'était la routine, un petit vide. J'avais le désir d'être quelqu'un d'autre, quelqu'un qu'on remarque, à qui on vient tout de suite parler. Mais la réalité, ce n'était pas ça, c'était la maison, les frères.

Je crois que j'ai trop rêvé. À l'époque, j'avais tout le temps besoin d'être rassurée, je n'arrivais pas à trouver ma place. J'avais l'impression de ne pas être comme les autres. Je sais ce que je veux, mais en même temps je suis indécise. Cette ambivalence joue beaucoup dans l'histoire avec mon père.

Côté garçons, je me faisais des petits films.

En primaire, je n'ai jamais eu de copain. En sixième, je n'avais pas de petit copain. Jusqu'à aujourd'hui, je n'en ai eu qu'un, et encore, ce n'était pas très sérieux entre nous. En sixième, il y en avait un que je trouvais pas mal, je lui avais écrit une lettre que je lui avais donnée. Ça s'était arrêté là, c'était imaginaire. En cinquième, il y en avait un autre que je trouvais bien, j'allais parler avec lui, mais normalement. Je n'ai jamais rien eu avec un garçon, c'était dans la tête, je n'en disais rien, je n'en parlais pas avec mes parents.

Quand je suis arrivée en troisième, une de mes deux copines avait déménagé, je me suis retrouvée avec l'autre, Aline. C'était la routine. Je n'avais pas d'activités à l'extérieur, je n'avais rien, et je ne voulais rien. J'avais peur des rencontres avec les autres, peur de ne pas être à la hauteur. Je commençais à m'intéresser à un garçon de ma classe qui avait redoublé. Il s'appelait Tom. J'avais quatorze ans, il en avait quinze ou seize. Il me parlait, mais sans plus, il parlait aussi avec d'autres filles.

Le 26 avril 1999, voici ce que j'écrivais dans mon journal intime.

« Je suis en troisième et aujourd'hui, on a été en orientation pour réfléchir un peu sur l'avenir et parler. On a parlé de l'adolescence. Et j'en ai marre car ma mère ne me laisse jamais sortir. Si, elle me laisse sortir, mais seulement quand elle est avec moi, exemple : pour aller au magasin. Et encore ! Elle me dit que je ne pourrai sortir qu'à seize ans. Pour elle, je sais que cela ne fait rien, mais pour moi, ça fait beaucoup. Des fois, je pleure en pensant à ça. Les autres que je connais ont le droit de sortir, de s'éclater, d'aller au cinéma… Et moi, bien sûr, je ne sors jamais. Je sais qu'elle s'inquiète pour moi. Mais il faut qu'elle soit consciente que j'ai quatorze ans et que je suis en pleine adolescence et que j'ai besoin d'un peu de LIBERTÉ. Je ne demande pas à sortir tout le temps comme une petite "traînée" mais seulement sortir un peu entre amis. Comme l'autre jour où pour la première fois j'ai pu sortir avec Aline. Personne ne peut savoir comme j'étais bien, je prenais l'air, sans problème, je me changeais les idées. Je me demande des fois si maman a été un jour une adolescente et si elle sait ce qu'on peut ressentir à être sans liberté. Quand je dis à mes copines que je ne sors jamais ou que je ne vais jamais au cinéma, elles me regardent et me disent : pourquoi ? Elles me disent qu'il faut que je dise à ma mère qu'elle me laisse sortir, mais je n'ose pas car elle va me dire : "Tu es trop jeune." J'aimerais avoir mon indépendance ! [...] Papa, lui, il ne dit rien. Frederico, à mon âge, il avait le droit de sortir, mais je sais déjà ce que maman va me dire : "Oui, mais lui, c'est un garçon !" »

Je me sentais mal à cette époque. J'avais des boutons, je me trouvais trop grosse, je ne voyais rien à me mettre dans les magasins, ça me faisait pleurer. Ma mère n'y était pour rien. Je crois que n'importe quelle fille de cet âge-là pense ces choses-là.

Le 27 avril

« Depuis le début de l'année, il y a un garçon que je trouve mignon. Il s'appelle Tom. Je ne sais pas s'il m'aime mais je sais que des fois il pense à moi. C'est déjà ça !

« Aline est souvent absente et ça m'énerve ! Mélanie m'a dit qu'elle me trouvait belle et Aline m'a dit que j'étais mignonne.

« C'est bien. Demain j'ai cathé car je prépare ma confirmation pour être marraine de mon cousin Gaspar. J'ai des photos de lui et il est beau. J'aurais bien aimé être au Portugal avec ma famille. »

Le 28

« Aujourd'hui, on est mercredi donc pas d'école l'après-midi. Aline pour m'embêter n'arrête pas de me dire qu'elle va écrire une carte à "Toto" de ma part. Alors, du coup, il faut que je sois *très* gentille avec elle et que je fasse tous ses caprices pour pas qu'elle le fasse. Elle n'est pas discrète car en français, elle dit : "Tu fais ça sinon Tom." Ce que j'espère c'est que Grégoire et William (les copains à Tom) n'ont pas entendu ! »

Le 29

« Aujourd'hui, jeudi, on a eu technologie et comme je l'ai écrit avant, Tom est dans mon groupe avec Mélanie et William. Or, aujourd'hui, on devait aller aux ordinateurs.

Un moment, Tom, debout, dit (devant Mélanie et William) : “Virginie, j’aime (bien) les femmes.” Je crois qu’il a dit ça comme ça ! Je ne peux expliquer ce que j’ai ressenti mais je crois qu’il a voulu me faire comprendre qu’il n’est pas un “gay”, donc, peut-être a-t-il remarqué que des fois je le regarde, peut-être même m’aime-t-il ? Je n’en sais rien. Mais ce que je sais, c’est que je suis contente ! »

Le 30

« Aujourd’hui, vendredi, Tom est venu avec son scooter. Ça m’a fait drôle. En plus, son scooter est argenté [...]. J’espère que lundi il mangera à la cantine. Mélanie m’a dit qu’elle m’apporterait un pantalon à elle pour que je l’essaie. Il a fait beau et chaud aujourd’hui (22°). Maman n’a pas arrêté de me demander ce que j’avais mais à chaque fois, je n’ose pas lui dire que j’aimerais sortir comme les jeunes filles de mon âge. Mais je n’y arrive pas !!! »

Mélanie avait seize ans. Elle était plus à l’aise que moi avec les garçons, elle se maquillait, elle était toute fine, élégante. Tout le contraire de moi. On a commencé à parler, on se voyait à la cantine, elle avait l'air de s'intéresser à moi. C'était une sorte de modèle, j'admirais sa façon d'être. Elle me parlait de sa vie. Elle m'a dit que ses parents se disputaient. Moi aussi, je lui parlais de mes parents. Elle m'a raconté que son père était dur avec elle. Moi, je ne savais pas quoi lui répondre, je n'avais rien de spécial à lui confier, je n'avais pas de problèmes avec mon père.

Un jour, elle m'a dit que son père trompait sa mère. Mais qu'il ne fallait pas que je le répète. De ça, je n'en ai jamais parlé ni pendant l'enquête ni au cours du procès de mon père. Je n'en ai parlé que quand j'ai commencé à faire des démarches pour prouver que mon père ne m'avait rien fait.

Moi, à l'époque, je ne savais pas trop quoi lui raconter. J'aurais pu lui parler de mon frère, mais je pensais que ça ne l'intéresserait pas.

Je suivais une série à la télévision, *Sunset Beach*. C'était tous les jours sur TF1, je la regardais en sortant du collège. Une fille avait accusé un homme de la violer, mais au moment du procès il s'est avéré que c'était son père. Ensuite, tout le monde est venu vers cette fille, les gens l'entouraient, elle était écoutée.

La veille du 4 mai 1999, j'étais avec mon père en voiture, et à la radio on annonçait qu'une fille avait été abusée par son père.

Le 4 mai, c'était un mardi, il était midi. Comme Mélanie m'avait raconté l'histoire de son père, on aurait dit qu'elle commençait à s'intéresser à moi, alors je voulais lui confier quelque chose qui fasse qu'elle s'intéresse vraiment à moi, quelque chose qui fasse que je sois à la hauteur.

Je lui ai dit comme ça : « Je vais te dire quelque chose... » J'ai ajouté : « Je n'ose pas t'en parler. » Elle a insisté. Alors, moi : « Il faut que tu me promettes de n'en parler à personne. » Je voulais qu'elle me prenne au sérieux. Pour qu'elle s'intéresse à moi, je lui ai dit : « Je vais te dire un mot par jour. » Pour moi, c'était une sorte de jeu. Je ne voulais pas qu'elle le répète parce que ce n'était pas vrai. Je voulais lui faire croire à un secret très important pour attirer son attention sur moi, mais je n'en mesurais pas les conséquences. Au début, je lui ai dit « Mon ». Et elle a tellement insisté... On était dans la cour de récréation, c'était après le déjeuner, elle voulait à tout prix que je lui raconte la suite, elle voulait savoir.

« Mon père a abusé de moi... Mais je ne veux pas que tu en parles. Il faut que ça reste entre nous. »

Elle m'a tout de suite répondu : « Faut en parler ! C'est grave.

– C'est pas la peine.

– Depuis quel âge ?

– Depuis que j'ai six ans. »

Même maintenant, je n'arrive pas à expliquer pourquoi j'ai dit ça. Ça a l'air vraiment bête. C'est bête. Il faut se mettre dans la tête d'une fille de quatorze ans qui veut être quelqu'un d'autre et avoir une amie. Mon père, il ne m'aurait jamais fait ça, il est tellement gentil, j'étais sa petite fille. Et je le suis toujours. Comme je n'avais jamais vécu ça, je ne m'imaginais pas ce que ça devait être réellement.

Je n'avais pas l'habitude de raconter des histoires aux autres, les histoires, je me les racontais à moi-même. Mon frère venait d'être hospitalisé. C'étaient toujours les problèmes de mon frère qui survenaient à la maison.

Je me demande maintenant si c'est pour ça que j'ai voulu me créer une histoire. J'avais peut-être besoin que quelqu'un s'intéresse à moi et qu'on s'occupe de moi. Mon frère ne se rendait pas compte qu'il était malade, mes parents n'arrivaient pas à le lui faire comprendre. À la maison, le sujet de conversation, c'était mon frère. Et moi qui ne trouvais pas ma place, et la série TV, et ce que j'avais entendu à la radio... Aujourd'hui, je sais que c'est un ensemble qui a provoqué ça. C'est ainsi que j'analyse ce que j'ai fait. À l'époque, je n'analysais rien.

Pourquoi mon père ? Il ne m'a jamais fait le moindre mal. Il n'a jamais eu de geste. J'ai peut-être voulu attirer son attention ? Je n'en sais rien. Ce que je sais, c'est que j'ai raconté cette histoire pour attirer l'attention de la fille et qu'elle ne me laisse pas tomber.

Elle, elle était étonnée, elle a insisté : « Faut que tu en parles à quelqu'un. » Elle avait seize ans et était beaucoup plus mature que moi. Elle a tout de suite vu l'importance de ce que j'avais dit. Mais pas moi.

Le soir du 4 mai 1999, voici ce que j'ai noté dans mon journal intime :

« Aujourd'hui, mardi, Aline m'a énervée. Si je lui disais que je ne voulais pas faire ce qu'elle voulait, elle écrivait sur la table, au crayon de mine, Cher Tom ou Tom

+ Virginie. Un moment, Valentin est passé et, heureusement que j'ai de bons réflexes, j'ai mis ma main sur la table pour cacher ce qu'Aline avait écrit. Pendant une heure, elle m'a embêtée. Surtout qu'après, Mélanie s'en est mêlée. Elle voulait savoir qui j'aimais. C'était la cata. De plus, Aline est débile. J'invente un nom et je lui dis (à Mélanie) qu'il s'appelait Sébastien. Aline, ce qu'elle trouve à dire, c'est : "C'est qui, lui ?" Alors Mélanie m'a prise par le cou et donc, pendant que j'étais aux toilettes, Aline lui a dit qu'il s'appelait Tom. [...] Mélanie a dit : "C'est Tom !" Je lui ai répondu que non, mais je crois qu'elle ne me croit pas. Sur ce coup-là, je crois que je dois remercier Aline. De toute façon, je lui fais un peu la tête. Bon, voilà, Tom n'est pas venu avec son scooter, donc il mange à la cantine. Ce qui m'énerve, c'est qu'il s'intéresse qu'à Flavie. »

Dans le bureau de la directrice

C'était le 5 mai 1999.

Comme tous les jours, mon père m'emmenait au collège. Je me souviens que ce matin-là je ne voulais pas déjeuner, mon père a appelé ma mère, elle m'a disputée, et j'ai dû prendre un yaourt.

C'était un mercredi, je n'avais cours que le matin. Mon père m'a déposée vers huit heures moins le quart, comme d'habitude, il devait venir me rechercher à midi. Juste avant 8 heures, il faut qu'on se range dans la cour de récréation, un professeur vient nous chercher. C'était le prof de dessin avec qui j'avais cours de 8 à 9. Dans la salle, les tables étaient en « U ». J'étais assise à un bout. Mélanie et Laurine, une copine de Mélanie, étaient en face de moi. Moi, j'étais à côté d'Aline. Je n'avais pas oublié ce que j'avais dit la veille à Mélanie, je voyais bien qu'elle était en train de discuter avec Laurine, mais je n'étais pas inquiète. Je pensais qu'elle l'avait gardé pour elle.

À 9 heures, on a eu étude jusqu'à 10 heures. La salle du cours de dessin était au deuxième étage, on allait en étude au rez-de-chaussée. J'y suis allée avec les autres. Après, on avait récréation. Dans la cour, je cherchais Mélanie et Laurine, je ne les ai pas trouvées. J'ai demandé à Aline si elle savait où elles étaient, elle m'a dit que non. À la fin de la récréation, je les ai vues ensemble se ranger pour rentrer en cours, je suis allée vers elles. On avait français, au deuxième étage. Quand on est arrivées au premier, elles m'ont fait sortir du rang pour aller dans le couloir, et j'ai vu la directrice s'approcher de nous. J'ai tout de suite compris que Mélanie avait parlé. Je me suis tournée vers elle, je lui ai dit simplement : « Oh non ! Tu n'as pas fait ça ! » J'étais fâchée. Laurine et Mélanie m'ont accompagnée jusqu'à la porte du bureau de la directrice au fond du couloir, et elles sont reparties.

Depuis mon entrée au collège, c'était la première fois que j'allais dans son bureau.

C'était une grande pièce, avec des sièges devant la table. On n'était pas seules. Il y avait ma prof de maths, qui était mon professeur principal. Je la connaissais depuis la sixième, je l'aimais bien, je crois que c'était ma prof préférée, elle était simple, marrante. Une bonne prof. Ensuite, la CPE, conseillère principale d'éducation, est venue à son tour. Elle et ma prof sont restées debout. Moi, j'étais assise devant le bureau, la directrice dans son fauteuil en face de moi. La première chose que la directrice m'a dite c'est qu'il ne fallait pas en vouloir à Mélanie et à Laurine qui lui avaient parlé, que ce n'était pas leur faute. Ce que je pensais à ce moment-là, c'est que Mélanie avait parlé à Laurine, puisque, moi, je savais bien que je n'avais rien dit à Laurine. J'ai appris ensuite que Laurine en avait parlé à d'autres camarades, parce qu'il y avait pas mal de personnes de la classe qui étaient déjà au courant. Maintenant, je vois la rapidité avec laquelle le mensonge que j'avais dit à Mélanie en tête à tête s'était propagé. Le secret, le jeu, c'était déjà fini.

À ce moment-là, je n'ai pas réussi à dire que tout était faux. D'ailleurs, je restais silencieuse. Être dans le bureau de la directrice était déjà assez impressionnant. Je me taisais, tête baissée.

J'entendais la directrice poursuivre en m'expliquant que c'était une chose très importante, et très grave, et qu'il fallait en tenir compte. Je me rappelle lui avoir répondu : « C'est rien. » Je n'ai pas dit « C'est faux, j'ai tout inventé », j'ai seulement répété « C'est rien », plusieurs fois. Elle n'a pas compris ce que je voulais dire, ni à quoi je pensais.

J'ai vu que ma prof de maths était elle aussi au courant. Ça, ça me gênait, je la connaissais bien, je ne voulais pas passer à ses yeux pour une menteuse. En fait, moi, c'est bête, mais à ce moment-là j'en voulais à Laurine et à Mélanie, j'étais fâchée contre elles. C'est tout.

La directrice m'a indiqué aussi qu'elle devait faire un signalement au procureur ; je ne savais pas exactement ce que c'était, mais je me doutais que c'était important. Elle ne m'a pas expliqué avec précision ce qu'elle allait faire, ni les conséquences d'un signalement, ni ce qu'était un procureur, mais elle m'a prévenue : « Tu ne vas pas pouvoir rentrer chez toi, c'est grave. » Si elle m'avait présenté les choses autrement, par exemple : « Est-ce que tu te rends compte que tu ne rentreras pas chez toi ? », je ne sais pas si ça aurait changé quelque chose, si j'aurais reculé et dit la vérité. La directrice ne m'a pas demandé si je mentais ou non. Je ne sais pas si elle pouvait le faire, en tout cas, ni elle, ni la CPE, ni ma prof principale – elle, elle n'a pas prononcé un mot – ne m'ont demandé si c'était vrai ou même pourquoi je n'avais rien dit jusqu'à maintenant. Elles n'ont jamais émis le moindre doute, même avec gentillesse.

Au moment où la CPE est arrivée, j'étais comme en état de choc, j'étais perdue, je ne savais pas quoi faire, j'étais toute seule. Je pleurais. Je ne savais pas quoi dire, j'avais la tête baissée.

La directrice et la CPE ont commencé à me poser des questions : depuis quand ? Si ma mère savait ? Je leur répondais comme j'avais répondu à Mélanie : « Depuis que j'ai six ans », avec la tête baissée et une petite voix. Pour ma mère, j'ai dit : « Non, non. Elle ne le sait pas. » Ma prof se taisait, elle avait les yeux rouges. La directrice et la CPE continuaient. Elles me demandaient où ça se passait, et quand. Comme je ne répondais pas, elles me posaient des questions plus précises : « Est-ce que c'est le soir ? Dans la journée ? » Je voulais rester crédible, je répondais « Le soir », parce que, pendant la journée, j'étais au collège. Elles me demandaient « Où ? », je ne répondais pas. Alors, elles suggéraient des endroits, la chambre de mes parents, ma chambre, le salon. J'ai dit « Le salon » parce que c'est un endroit où on n'allait pas souvent. Elles me demandaient où ma mère était quand ça se passait le soir. J'ai dit qu'elle dormait. Je me sentais obligée de répondre. J'étais poussée par moi-même.

Puis la directrice m'a annoncé qu'elle devait avertir des personnes, je ne me souviens plus lesquelles. Elle m'a demandé qui venait me chercher à midi. J'ai répondu « Mon père ». Elle a dit qu'elle allait l'appeler pour qu'il ne vienne pas.

Moi, je ne voulais pas qu'ils me gardent au collège, j'expliquais qu'il fallait que je rentre parce que mon frère était malade, il était hospitalisé, je ne savais pas ce qu'allait devenir ma mère. J'insistais. Je disais que je voulais rentrer chez moi, que ce n'était pas grave, c'était rien.

La directrice a pris le téléphone, appelé chez moi, elle est tombée sur le répondeur, a raccroché sans laisser de message. Elle a appelé mon père sur son portable, mit le haut-parleur pour que j'entende. Elle a dit à mon père que c'était le collège, que ce n'était pas la peine de venir me chercher à midi, qu'il y avait un problème à régler et que je devais rester. Mon père était inquiet : « Qu'est-ce qui se passe ? Comment ça, je ne peux pas venir la chercher ? » Il ne comprenait rien.

Mes parents m'ont expliqué plus tard qu'ils n'ont pas su où j'étais jusqu'à 5 heures du soir. Quand mon père est quand même venu me chercher à midi, il est tombé sur une surveillante qui n'était au courant de rien. Il a appelé ma mère qui est venue en début d'après-midi. Elle a attendu à la porte du collège jusqu'à 3 heures. Elle a vu la directrice sortir, elle l'a suppliée de lui dire où j'étais. La directrice ne voulait rien savoir. Ma mère a demandé si j'avais fait quelque chose de mal, ou si j'avais été violée. Elle a dit ça parce que, à l'époque, il y avait un jeune surveillant sur lequel courait un ragot : il aurait violé des élèves et aurait été renvoyé pour faute grave. C'est en tout cas ce qu'avait raconté une fille que gardait la nourrice de mon petit frère. Et moi je l'avais répété à ma mère. On ne sait pas aujourd'hui si c'était vrai ou non, mais le seul truc sûr, c'est qu'il était parti du collège en cours d'année.

La directrice a informé ma mère que j'étais dans un service spécialisé et qu'il fallait qu'elle aille voir le procureur. Ma mère m'a raconté plus tard qu'avec mon père ils avaient essayé de joindre le procureur. Ils ont eu l'idée d'appeler un avocat, celui de l'entreprise de mon père, c'était le seul qu'ils connaissaient.

En fin d'après-midi, l'avocat est allé voir le procureur, puis il leur a annoncé qu'ils allaient être convoqués par la brigade des mineurs, que j'avais « fait des déclarations ». Les policiers n'ont téléphoné à la maison que vers 18 heures pour convoquer mon père au commissariat, le lendemain, avec ma mère.

En plus de tout, il était arrivé une nouvelle histoire avec mon frère que ma mère m'a racontée plus tard. Frederico, qui était hospitalisé, venait de s'échapper et était revenu à la maison. Mais quand mes parents sont rentrés du palais de justice, le mercredi soir, ils ont trouvé la maison vide. Ils ont appris dans la nuit que mon frère était parti chez des amis. Le lendemain, mon père était en garde à vue et ma mère interrogée. Entre-temps, ces amis avaient ramené mon frère à la maison. Et lui, n'ayant vu personne, était reparti. Le vendredi, mon père était relâché. Avec ma mère, ils l'ont trouvé dehors, sans ses clés, dans le hangar, il pleurait et disait qu'il se sentait persécuté par la France, qu'il voulait partir au Portugal. Finalement, il est parti.

Mais moi, en attendant, je ne me doutais pas de ce qui se passait à la maison. Au collège, tout est allé très vite.

Vers 11 h 30, la CPE m'a emmenée en voiture jusqu'au tribunal de grande instance de Reims où m'attendait une femme qui s'est présentée comme mon administrateur ad hoc. Je n'avais aucune idée de ce qu'était un administrateur ad hoc. Personne ne me l'a expliqué, aujourd'hui encore, je ne le sais pas exactement. Puis l'administrateur ad hoc m'a conduite au foyer de l'enfance. J'ai découvert un grand bâtiment, à cinq ou dix minutes du collège. Un chemin y menait, avec, d'abord, le bâtiment pour les adolescentes et, au fond, celui des filles de zéro à l'adolescence.

L'administrateur ad hoc m'a accompagnée jusqu'à la porte. On a sonné.

J'avais juste mon sac et mon Walkman.

L’enquête

Une femme est venue ouvrir la porte du foyer. Je n'ai pas compris qui elle était. J'ai su plus tard que c'était une éducatrice, mais, là, elle ne m'a dit que son prénom. Elle a peut-être ajouté que j'étais dans un foyer, mais moi, au début, je croyais qu'on était chez elle.

Elle m'a juste dit qu'il y avait ici des filles qui avaient des problèmes et m'a fait visiter les lieux. Au rez-de-chaussée, il y avait un couloir avec, au fond, une cuisine, et juste à côté une petite pièce avec un lit et un bureau. Je croyais que c'était sa chambre. Je ne comprenais rien. Il y avait aussi une salle d'informatique. Un escalier menait au sous-sol, avec une lingerie, une salle de télévision et une bibliothèque. Un autre escalier conduisait au premier étage, et aux chambres.

Il était midi, des jeunes mangeaient, je me souviens qu'il y avait des frites. Vers 1 heure, quelqu'un, j'ai su après que c'était un éducateur, m'a emmenée au commissariat de police. Là aussi, c'était grand, avec des policiers partout. On est montés au premier étage.

C'était comme si on me tirait par une corde, comme si j'étais un petit pantin, je faisais ce qu'on voulait. On me disait : tu vas faire ça, et je le faisais. Je suivais tout le monde, je répondais à toutes les questions. Ce que disaient les adultes était très important pour moi, je devais leur répondre : on ne reste pas sans répondre quand un adulte pose une question.

Dans ma famille, je suis à l'aise, si j'ai quelque chose à dire, je le dis. Au collège, j'étais réservée. Ici… je pensais : « J'en ai marre, ça devient soûlant. » Ça m'énervait, mais je ne savais pas quoi faire. « Oh là, là ! quand je vais rentrer à la maison, qu'est-ce que ma mère va dire ? » Je ne savais pas que mes parents ignoraient où j'étais…

J'ai été interrogée par un policier en uniforme. Il était seul avec moi dans un bureau, face à l'écran de son ordinateur, j'étais un peu derrière, il se tournait vers moi quand il me parlait. Il m'a dit : « Bon, alors on va commencer » et m'a posé des petites questions anodines. Comment je m'appelais, où j'habitais, mon adresse, mon numéro de téléphone. Puis il m'a demandé le nom de ma mère, celui de mon père. J'ai parlé de la maladie de mon frère, j'ai précisé qu'il avait vingt-trois ans, qu'il était actuellement hospitalisé.

Ensuite, il m'a demandé de raconter. Je ne voulais pas. Il m'a demandé : « Tu préfères que je te pose des questions ? »

J'ai répondu oui. Je me sentais soulagée, parce que je ne savais pas quoi raconter. S'il m'avait laissée me taire, ça se serait peut-être passé différemment. Au bout d'un moment, le silence m'aurait-il gênée ? Aurais-je osé dire la vérité ? Je le pense, maintenant. Mais ça ne s'est pas passé comme ça.

Alors, il me posait des questions, et refaisait les phrases comme si je les avais prononcées.

Je répondais par oui ou par non, comme au collège, dans le bureau de la directrice. Je ne voulais pas parler, mais il me posait des questions.

« Tu en as parlé à qui ?

– Mélanie.

– Tu avais quel âge quand ça a commencé ?

– Six ou sept ans », j'ai répondu, comme à Mélanie.

Après, alors qu'il voyait que je ne voulais pas rentrer dans les détails, il poursuivait.

« Comment ça se passait ? Ton père a l'habitude de faire la sieste ? »

Je disais oui, ou je faisais un signe de la tête.

« Est-ce qu'il te demandait de venir avec lui ? »

Je répondais oui ou non, ou je ne parlais même pas. Quand il a voulu savoir dans quelle pièce de la maison ça se passait, le policier a proposé plusieurs réponses. Je ne me souviens pas d'avoir fait une phrase entière, complète.

Quand je lis le procès-verbal de mon interrogatoire, c'est incroyable : il a retranscrit ses propres questions dans mes réponses. Par exemple, il avait écrit : « *Il me faisait venir sur lui à califourchon.* » Je ne savais même pas ce que veut dire ce mot, « califourchon ». Il a dû me l'expliquer, j'ai dû faire oui de la tête. Ou bien quand il a écrit : « *Il ne m'a jamais léché le sexe, par contre, il m'a déjà léché les seins* », c'est lui qui m'a posé la question et formulé la réponse. Ou encore : « *Il m'avait plusieurs fois demandé de lui sucer le sexe, mais j'ai toujours refusé parce que ça me dégoûtait.* » Je n'ai jamais dit ça.

Je n'ai jamais dit des choses comme « *Il dégrafe son pantalon pour sortir son sexe qui est en érection* », ou « *Les relations que m'impose mon père* ». Je ne parle pas comme ça, ce ne sont pas mes mots.

Je n'ai jamais dit : « *Je dois vous préciser que ma mère ne travaille plus.* » Pourquoi j'aurais dit : « Je dois vous préciser… » ? Comme si c'était moi qui devais préciser ! Ce n'est pas moi, ça.

Il y a des expressions que je n'utilisais jamais, comme « *Il souffre d'une maladie psychiatrique* », « *Les agissements de mon père* », « *C'était un fardeau trop lourd à garder* », « *J'ai expliqué sommairement les faits* ». Même maintenant, je ne dis pas ce mot-là. « Sommairement », ça veut dire quoi ? « En gros » ?

Dans le procès-verbal, aucune des questions du policier n'a été retranscrite. Pourquoi ? On m'a demandé si je voulais être filmée, j'ai refusé parce que filmer, ça a de l'importance, et moi je savais qu'il n'y avait rien. Aujourd'hui, je regrette parce qu'on aurait pu voir comment ça s'est réellement passé.

Cet interrogatoire a duré très longtemps, presque deux heures. J'avais l'impression que ça allait s'arrêter, que j'allais rentrer chez moi. Mais non. C'est moi qui aurais dû dire : « Arrêtez ! Ce n'est pas vrai ! », je ne sais pas si c'est de la lâcheté, ou de la peur, ou de la timidité, je n'arrivais pas à m'imposer. J'étais obéissante, j'ai été élevée pour respecter les autres, pour leur prêter attention et répondre à leurs questions. C'était comme si j'y étais obligée.

De retour au foyer, je ne sais plus ce qui s'est passé. Il me semble que j'ai pleuré.

Le lendemain, jeudi 6, on m'a emmenée au service pédiatrique de l'hôpital de Reims, juste à côté du foyer de l'enfance. J'ai été examinée par un médecin, c'était une femme, praticienne hospitalière du service de pédiatrie, qui n'était pas gynécologue. On m'a fait une prise de sang, puis un examen complet. Ce médecin m'a interrogée. J'ai senti qu'elle était déjà au courant de l'histoire.

Comme la veille à la police, j'ai parlé de mon frère malade. Elle m'a ensuite posé des questions sur mon père. Moi, j'ai réagi de la même façon, j'ai acquiescé à tout ce qu'elle disait. Du moins, c'est ce dont je me souviens.

Dans son rapport, elle a traduit : « *Virginie rapporte des sévices sexuels de la part de son père. Ceux-ci ont été multiples. Ils ont comporté des pénétrations vaginales complètes, des demandes de masturbation et des demandes de fellation, ces dernières ayant été refusées par Virginie.* »

Le médecin m'a demandé ensuite de me déshabiller, elle a regardé si j'avais des traces de coups sur le corps, elle m'a pesée, mesurée. Elle avait mon dossier médical avec elle, parce que je vais dans cet hôpital depuis que je suis toute petite.

J'étais vierge, mais, en conclusion de son rapport, elle a écrit : « *Virginie est une jeune fille de quatorze ans. Elle rapporte des sévices sexuels comportant notamment des pénétrations péniennes. Celles-ci sont confirmées par son examen gynécologique.*

« *La membrane hyménéale est épaisse. Elle est hyper-vascularisée, témoignant très vraisemblablement de processus cicatriciels multiples. Il existe des incisures nettes à 14 heures, 16 heures et 22 heures. Pour deux d'entre elles, il s'agit quasiment de déchirures puisqu'elles arrivent jusqu'à l'anneau hyménéal. Par ailleurs, tout le pourtour de la membrane hyméneale est relativement irrégulier.* » Mais, plus tard, lors d'un autre examen réalisé au Portugal dans un Institut national de médecine légale, deux médecins experts m'ont fait une « expertise à caractère sexuel en droit pénal ». Ils ont utilisé une autre technique, qu'on appelle une colposcopie, c'est-à-dire l'utilisation d'une grosse loupe, et m'ont dit que ces incisures étaient physiologiques. Je sais aujourd'hui que je suis née avec.

Ce jour-là, à Reims, ce médecin n'avait pas interprété les choses ainsi. Je ne comprends pas les conclusions de cet examen, je n'ai jamais eu de relations sexuelles. Je ne comprends pas pourquoi elle n'a pas écrit que j'étais vierge. Si j'avais eu – comme je lui ai raconté – des rapports répétés, ça aurait dû se voir.

Mais elle a aussi écrit : « *Cette jeune fille est en souffrance psychologique majeure. Une prise en charge pédopsychiatrique est indispensable en urgence.* » Oui, d'accord, j'avais menti, je n'arrivais pas à m'en sortir, mais quand même, je ne vois pas comment elle a pu trouver des signes de « souffrance majeure ». Est-ce que c'était ma timidité ? mon repli sur moi-même ? mes complexes parce que je me trouvais trop grosse qu'elle en a déduit ça ? En tout cas, je n'étais pas dans l'état qu'elle décrivait.

Le lundi matin, je suis retournée au collège. J'ai retrouvé Mélanie. Je lui en voulais, mais je continuais quand même à lui parler. Je voyais qu'elle s'intéressait à moi, elle était plus souvent avec moi. La professeur principale ne m'en a jamais reparlé, ni la conseillère d'orientation, et je ne suis jamais retournée dans le bureau de la directrice. Au lieu de me laisser rentrer chez moi le soir, on est venu me chercher. Ensuite, j'ai pris le bus tous les jours.

Une espèce de routine s'installait. Un jour, peu de temps après mon placement, j'ai demandé à l'éducatrice quand je rentrerai chez moi. Elle m'a répondu : « Dans une semaine. » J'ai pensé : « Ah, c'est rien, alors ! »

C'est comme s'il n'y avait pas de lendemain, les jours passaient.

Le 19 mai, j'ai subi à nouveau une expertise gynécologique. Voici ce qui a été écrit : « *Mlle Virginie Madeira a présenté durant toute la durée de l'examen les signes évocateurs d'un traumatisme psychologique profond avec une attitude de repli et de tristesse, la tête perpétuellement baissée, et de fréquents épisodes de pleurs […]. Néanmoins, elle est toujours restée calme et coopérante, acceptant pleinement les exigences de notre mission.* »

En fait, j'étais comme ça non à cause d'un « traumatisme psychologique profond », mais parce que j'avais peur de l'examen car ce gynécologue était un homme et j'avais mes règles.

Et moi, je répétais tout, machinalement. Je gardais la tête baissée, je pleurais. Il m'a reposé les mêmes questions, formulées de la même façon, j'ai répondu la même chose, je pensais qu'il fallait que je redise pareil, sinon il allait me poser des questions et s'apercevoir que je mentais.

Lui aussi a trouvé les petites incisures autour de l'hymen. Il a écrit qu'elles « *plaidaient très fortement en faveur de pénétrations vaginales, digitales ou péniennes, relativement anciennes et répétées* ». Sa conclusion, c'est : « *Mlle Virginie Madeira présente des traces de pénétration vaginale, digitale ou pénienne, compatibles avec ses affirmations.* » Je pense maintenant que la mission que lui avait confiée le juge étant d'indiquer si je présentais « des traces de pénétration sexuelle vaginale pénienne ou digitale », il a été influencé. Aurait-il écrit la même chose si sa mission avait été simplement de m'examiner ?

Quelques jours après, une éducatrice m'a dit : « Tu sais, l'expertise que tu as passée montre que ce que tu as raconté est vrai. » Je lui ai répondu : « Tu es sûre ? » J'étais surprise, très étonnée, je n'y croyais pas, mais je n'ai pas insisté. Une fois encore, je ne suis pas allée plus loin.

Au foyer, les jours passaient comme ça, tranquillement, on ne m'en parlait pas. Au collège, on ne m'en parlait pas non plus.

Le 28 mai, j'ai été convoquée par le juge d'instruction. Il était 13 heures, j'étais avec une avocate, elle avait été commise d'office. Au début, le juge m'a posé une question directe : « *Quels types d'actes vous a-t-il faits ?* » Je n'ai rien répondu. Alors, il a changé sa façon de m'interroger : « *S'agissait-il de caresses ou bien est-ce que ça allait plus loin* ? » Et, là, je réponds : « *Ça allait plus loin.* » Jusqu'à la fin, ç'a été comme ça.

« *S'agissait-il de pénétrations par-devant ou par-derrière ?*

– *Par-devant.*

– *Vous a-t-il dit quelque chose pour que vous ne le racontiez pas ?*

– *Non.*

– *Vous a-t-il dit quelque chose pour vous faire croire qu'il avait le droit de le faire ?*

– *Non.*

– *Avez-vous parlé de ces faits avant leur révélation à l'école ?*

– *Non.*

– *Pourquoi ?*

– *Parce que je me sentais en confiance avec Laurine et Mélanie.* »

Là, c'est curieux. Quand je relis ce procès-verbal, je me demande pourquoi il est écrit « Laurine », que je me sentais « en confiance avec Laurine ». Qu'est-ce qu'elle vient faire là ? Je n'ai jamais parlé à Laurine. Je ne comprends pas pourquoi son nom apparaît.

« *Pourquoi n'avez-vous pas écrit dans votre journal intime ce qui se passait ?*

– *Parce que ces choses-là, ça se retient.*

– *Est-ce que, à votre avis, les gens de votre famille étaient déjà au courant ou se doutaient de ce qui se passait ?* »

Je fais simplement non d'un signe de la tête.

Je repense aujourd'hui à ma grand-mère, qui a d'abord vécu six mois dans notre appartement à Croix-Rouge, à mon oncle et à ma tante, qui eux aussi ont habité avec nous à partir d'octobre 1992 jusqu'à ce qu'on déménage à Muizon. Ils nous ont suivis dans la grande maison où ils sont restés jusqu'en décembre 1994. Et, bien sûr, ma grand-mère, qui est revenue habiter avec nous pendant deux ans, d'août 1993 à août 1995, et qui était toujours à la maison.

Aucun des trois n'a jamais été interrogé par le juge d'instruction, c'est incroyable. Ils ont pourtant fait des attestations disant tous qu'ils n'ont jamais rien vu et que mon père était incapable de me faire du mal.

Et ma mère ? Elle n'a jamais été interrogée par le juge d'instruction ! Alors qu'elle était un témoin capital, c'était la mieux placée, celle qui connaissait le mieux sa famille, c'était son mari, sa fille, et le juge ne l'a pas entendue. C'est invraisemblable. Elle savait que mon père était innocent, elle l'avait dit à la police. Pourquoi le juge n'a-t-il jamais demandé à l'entendre ? Est-ce parce qu'elle avait déclaré à la police qu'il était innocent ? Maintenant, j'en suis certaine.

Plus tard, pendant les grandes vacances, le juge a envoyé un enquêteur à la maison. Ma mère se souvient qu'il a demandé les adresses de la famille et qu'ils ont discuté de mon père. C'était un simple enquêteur de personnalité, il n'avait pas pour mission de rechercher la vérité, il rassemblait juste des éléments sur mon père. Il est même allé chez les voisins. Ce n'est pas lui qui aurait pu dénouer l'affaire.

Dans son bureau, je n'ai pas été très bavarde. Mais ce qui m'énerve, c'est que, sur le procès-verbal d'audition, il y a beaucoup de « S.I. ». Ça signifie « sur interpellation », c'est-à-dire que le greffier note non pas ce que je dis, mais ce que dit le juge, en y incluant ma réponse. Par exemple : « S.I. : Il me faisait ça dans le salon. » Il m'a demandé si ça se passait dans le salon, et moi je dis oui de la tête. Mais pourquoi ? Pourquoi j'ai acquiescé ? C'était impossible. Notre salon était entièrement vitré, la porte d'entrée était vitrée. Et la maison était pleine de monde, avec ma mère, mes frères, mon oncle, ma tante ou ma grand-mère qui pouvaient entrer à tout moment dans la pièce. En plus, ma mère a été là toute l'année 1994, après la naissance de mon petit frère.

Dans ce procès-verbal, il y a dix « S.I. » pour treize questions rédigées. Mais pourquoi n'ont-ils pas noté toutes les questions qu'ils m'ont posées, et toutes mes réponses telles qu'elles étaient, même si ce n'était qu'un hochement de tête ? Pourquoi il n'y a rien de mes hésitations, de mes silences ?

Tout devenait vérité officielle dans la bouche du juge :

« *Vous avez indiqué que ça avait commencé quand vous aviez six ans. A-t-il tout de suite commencé par les pénétrations ou bien a-t-il eu une évolution dans les gestes ?* »

Cette question était compliquée, je n'ai trouvé à répondre que ça : « *Je ne me souviens plus.* »

Il y a eu encore deux « S.I. ».

« *S.I. : Il le faisait au moins une ou deux fois par mois.* »

« *S.I. : Je ne me souviens pas avoir saigné un jour où il m'a fait ça.* »

À la fin, le juge me demande ce que je pense du fait que mon père ait été laissé en liberté. Je dis : « *Ça m'embête un peu.* » Au foyer, on m'avait demandé : « Ça ne t'embête pas que ton père soit en liberté, alors que toi, tu es au foyer ? »

Je sais aujourd'hui que mon père avait avoué des attouchements – qu'il n'avait évidemment jamais faits – au juge d'instruction pour rester en liberté. Son avocat lui avait expliqué que s'il avouait il resterait libre. Il avait une maison clés en main à construire. Les travaux venaient juste de commencer, le 3 mai, et il n'y avait que lui pour faire le chantier. Ma mère et les ouvriers n'auraient pas pu y arriver seuls. S'il avait nié, il aurait été mis en prison sur-le-champ. Lui, il ne voyait que sa maison à construire. Il a avoué. Il pensait que tout allait s'arrêter très vite.

Le pire, c'est que ça n'a servi à rien. Le parquet a fait appel. Et il a été emprisonné un mois et demi plus tard.

Et désormais, dans le dossier, il y avait des aveux qui, aux yeux de la justice, ont balayé tout doute sur l'innocence de mon père. Ces faux aveux, conseillés par son avocat, sont venus confirmer dans l'esprit des policiers, comme dans celui du juge, mes fausses accusations prises au sérieux ! Résultat : j'ai menti, mon père a menti. Il n'y avait que ma mère qui disait la vérité. Et, elle, personne ne l'a prise au sérieux.

Je sais aujourd'hui que les juges d'instruction ont le devoir d'instruire « à charge » – c'est-à-dire de rechercher les éléments de culpabilité – et « à décharge » – c'est, à l'inverse, rechercher tout ce qui peut être en faveur de la personne accusée, jusqu'aux preuves de son innocence.

Si mon père m'avait réellement fait du mal et que ma mère m'avait soutenue contre mon père, je pense que le juge l'aurait entendue comme témoin. « À charge ». Si les attestations de mon oncle, de ma tante et de ma grand-mère avaient pu servir à renforcer l'accusation contre mon père, le juge aurait-il refusé de les entendre ? Ils avaient écrit dans leurs attestations que mon père était quelqu'un de bien et qu'ils n'avaient été témoins de rien. L'avocat de mon père avait demandé au juge de les convoquer. Le juge a refusé, il a trouvé que c'était inutile : « ... *Les auditions de témoins demandées n'apporteraient donc aucun élément supplémentaire à l'instruction,* a-t-il écrit le 8 novembre 1999 dans son "ordonnance de refus de procéder à des investigations", *les attestations exprimant de manière suffisamment précise et concordante l'opinion des proches du mis en examen sur les faits comme sur sa moralité.* »

De toute façon, le juge a refusé toutes les demandes de l'avocat de mon père, toutes les contre-expertises, qu'elles soient gynécologiques ou psychiatriques. La justice n'a donné aucune chance à mon père, rejetant ses demandes de remise en liberté, et il en a déposé plusieurs.

Plus tard, il y a eu une confrontation entre mon père et moi au palais de justice. Nos chaises avaient été placées en diagonale dans le bureau du juge. Moi, j'étais le plus près du bureau, ensuite, un peu derrière moi, il y avait mon avocate, puis, encore en retrait, l'avocat de mon père, et enfin, en tout dernier, mon père. C'était organisé de façon que je ne puisse pas le voir. Même si je tournais la tête vers lui, je ne pouvais pas croiser son regard. Je ne l'ai jamais vu en face. On ne s'est jamais regardés pendant toute la confrontation, on ne s'est jamais parlé directement.

Quand mon père répondait aux questions du juge en s'adressant à moi – il disait par exemple « je ne t'ai... » –, le juge l'interrompait : « C'est à moi que vous parlez. » Moi, je n'arrivais pas à parler. J'étais un peu effrayée, j'avais peur qu'en répondant mal le juge ne soit aussi sévère avec moi. Alors il me posait des questions sur ce que me faisait mon père. À l'une de ses questions, je ne me souviens pas de laquelle, j'ai dit « Non, ce n'est pas vrai », et tout de suite mon avocate m'a reprise, elle a déformé ce que je voulais dire, et m'a empêchée d'aller plus loin. C'est la seule fois où je me souviens d'avoir eu la possibilité de me rétracter. Après, je n'ai plus eu le courage de revenir en arrière.

À la fin, c'est d'abord moi qui ai signé le procès-verbal, puis mon avocate. Elle s'est placée sur ma gauche au moment de partir, de sorte que je ne puisse pas voir mon père. Elle n'a jamais pensé que je pouvais mentir. Elle croyait ce que je disais. Avec elle, c'était comme avec les autres, si j'avais dit la vérité, je serais passée pour une menteuse.

Mon père a été arrêté le 24 juin, c'était le jour de son anniversaire, même si, à l'état civil, sa naissance n'a été enregistrée qu'un mois plus tard.

On me l'a annoncé au foyer de l'enfance, je me rappelle avoir lu sur le cahier de correspondance du foyer : « Je lui ai dit que son père a été arrêté, elle n'a pas pleuré, ouf ! » C'est curieux, c'est comme si j'avais eu la bonne réaction.

Le 26 juin, j'ai subi une expertise psychologique.

C'était un psychologue homme, j'étais en face de lui, assise devant son bureau. Il me posait des questions, j'en avais marre, mais, voilà, il fallait continuer, je continuais, je continuais. C'est bête, mais c'est ce que j'ai fait.

Je répétais, je répétais. Maintenant, je pense que j'étais dans un engrenage ; si je disais différemment, ils allaient s'acharner sur moi. C'était la routine. Un examen de plus. Je continuais à faire ce qu'on me demandait de faire. Je ne me posais pas de questions. Je répétais : « Depuis que j'ai six ans, mon père abusait de moi... »

J'ai d'abord passé des tests, le test de Rorschach où l'on voit des taches, et le test de « frustration » de Rosenzweig. Le psychologue en a conclu que j'évoquais « *une forme de passivité et de dépendance* » vis-à-vis de mon agresseur « *que l'on observe souvent dans des agressions sexuelles intrafamiliales* ». Il a écrit que j'étais « timide », « réservée », « inhibée » et a ajouté que c'était une « séquelle » directe des faits que j'avais subis.

Il a trouvé que mon « potentiel intellectuel » était « normal », et même « dans la zone moyenne forte », avec « *une bonne autonomie de compréhension, de raisonnement et des capacités importantes d'analyse* ».

Il a rédigé trois pages et demie de compte rendu, et sur chaque page, comme dans sa conclusion, il était sûr de lui : mon « inhibition » venait « de la nature des faits subis, ainsi que de leur durée ».

Sa conclusion était logique : « *Il n'existe chez Virginie Madeira aucune tendance à l'hystérisation pouvant favoriser ou faciliter une tendance soit à l'affabulation, soit à l'amplification des faits eux-mêmes. Pour cela et compte tenu des éléments de sa personnalité, le discours de Virginie nous est apparu totalement crédible et fiable.*

« *Actuellement, Virginie exprime clairement une problématique relationnelle manifeste et caractéristique d'une victime de viols intrafamiliaux (culpabilité, ambivalence et crainte et difficultés de dialogue avec sa mère).* »

L'expert psychologue venait de boucler mon dossier.

L'enquête était finie.

J'ai su plus tard que mon frère Frederico a été interrogé par le juge d'instruction. Voici ce qu'il a déclaré : « *À mon avis, elle a dit ça pour se faire une nouvelle amie et elle ne sait plus comment s'en sortir.* » Avec ma mère, ils étaient les seuls à avoir deviné la vérité.

Personne ne les a crus.

Mes foyers

Ma chambre au foyer de l'enfance avait trois lits. J'étais près du mur. À côté, une salle de bains, avec une douche. Il y avait aussi une petite table et une grande armoire à trois portes, chacune avait sa clé. Je partageais la chambre avec deux autres filles, mais, moi, je restais dans mon coin.

Les filles, elles changeaient. Certaines arrivaient, d'autres partaient. Parfois, des disputes éclataient. Il y en avait qui avaient du caractère. Une fois, j'ai surpris une conversation, une des filles disait qu'elle allait fuguer. Ça m'a inquiétée, j'ai dit que j'allais boire un verre d'eau en bas. Comme la cuisine était à côté du bureau de l'éducatrice, je lui en ai parlé. Elle a averti le gardien. Je suis remontée normalement, et quand la fille a voulu s'enfuir elle s'est fait attraper.

Parfois, il y avait des vols. On m'a pris une cassette où j'avais enregistré la voix de mon père, celle de ma mère et la mienne quand j'étais petite. C'est ma mère qui me l'avait fait parvenir. Je lui avais écrit pour lui demander des affaires. Au début, j'avais peur de sa réaction, je ne me sentais pas le courage de la voir ou de lui envoyer des lettres. Et personne ne m'a poussée à le faire. J'avais honte, aussi, je crois.

Un jour, tout au début, ma mère est venue au foyer, elle voulait me voir, savoir comment j'allais. Elle était inquiète. Son arrivée a été très mal acceptée par l'équipe du foyer. Du coup, la police lui a interdit de s'approcher de moi. Elle lui a aussi interdit de s'approcher de Tom, de Mélanie, de Laurine. Interdit encore de s'approcher du collège. La juge pour enfants lui avait formellement défendu de me voir, tous les contacts écrits ou autres devaient être « surveillés par un tiers ».

En fait, j'ai croisé ma mère deux fois. La première fois, c'était dans le bus. Je sortais du collège et je venais de monter avec Aline quand je l'ai vue. Elle s'est approchée de moi, m'a serrée dans ses bras et m'a embrassée. On est descendues toutes les deux à l'arrêt suivant. Ça faisait un mois et demi qu'on ne s'était pas vues. On est restées à parler debout sur le trottoir, ça a duré peu de temps. Elle m'a demandé quand papa m'avait fait ça. Je ne lui ai pas répondu, j'étais trop en colère contre elle : je venais d'apprendre qu'elle avait donné mon journal intime aux policiers, et que Tom avait été convoqué. La seule chose importante pour moi, c'est qu'elle avait déniché mon journal intime et qu'elle l'avait montré. Tout ce que je lui ai répondu, c'est : « Tu te rends compte que tout le monde a lu mon journal ? Que Tom a été convoqué à la police ? » J'étais vraiment furieuse. Alors elle est partie, et j'ai repris le bus.

La deuxième fois, c'était un peu plus tard, elle était venue m'apporter des affaires au foyer. Je l'avais fait venir dans ma chambre, l'éducatrice nous avait laissées toutes les deux quelques minutes. On a parlé peu de temps. Elle m'a reposé la question, mais je n'ai pas réussi à lui dire que ce n'était pas vrai. Je n'en ai pas eu le courage.

On était assises sur le lit, elle avait beaucoup maigri. Moi aussi, j'avais maigri. Depuis que j'étais au foyer, et durant tout le temps où j'ai été placée, j'étais tantôt anorexique, tantôt boulimique.

Ma mère, j'avais envie de la voir, elle me manquait beaucoup. Mais, après cela, je ne l'ai plus revue pour discuter. J'ai demandé à ne plus la voir. Je n'en avais pas la force parce que je savais qu'elle savait que je mentais.

Mais je voulais voir mon petit frère. Il avait cinq ans à l'époque. Quand on se voyait, on jouait, on parlait. J'aimais bien le voir. Lorsque ma mère venait au foyer pour l'accompagner, je ne la voyais pas, elle le déposait en bas. Chaque fois, elle faisait passer une lettre pour moi par mon petit frère. Elle m'écrivait qu'il fallait que je dise la vérité, qu'elle souffrait beaucoup. Je ne lui répondais pas.

Depuis mon arrivée au foyer, j'étais suivie en permanence par des éducatrices. Les grandes vacances arrivaient. Elles m'avaient proposé de partir en colonie, j'ai refusé, je n'avais jamais été en colonie et je préférais rester toute seule dans mon coin. Du coup, j'ai passé l'été dans la famille d'Aline – ma copine de classe – qui était famille d'accueil.

Sa mère venait d'obtenir l'agrément. Ils avaient une petite maison à Reims. Ils m'ont emmenée avec eux dans le Sud, ils allaient voir leur famille.

À la rentrée, j'ai retrouvé le foyer, mais j'allais aussi chez eux de temps en temps. Vers la fin de l'année, je m'y suis installée. C'est incroyable, mais je me suis habituée à rester chez eux. Je ne me posais pas de questions. Aline ne me demandait rien, elle ne cherchait pas à savoir. Elle avait une grande sœur et une cousine qui avaient quitté la maison. Alors, c'est moi qui ai occupé la chambre d'Aline, et Aline celle de sa sœur. Ses parents étaient ouverts, sympathiques. Sa mère n'était pas sévère, un peu mère poule même. Le père d'Aline n'était pas comme le mien, il n'était pas toujours au travail.

Après, on a déménagé à la campagne, dans une maison plus grande. Les parents d'Aline ont accueilli d'autres enfants. Une petite fille de trois ans, martiniquaise. Il y avait aussi une autre fille qui devait avoir dix ans. La mère de la plus jeune était malade, je crois qu'elle était schizophrène. L'autre avait été violée par son père qui était décédé. On ne parlait pas de ça. On ne parlait pas de moi, et moi, je ne parlais pas non plus de moi. J'étais plutôt réservée. J'avais du mal à imaginer que cette petite fille s'était fait violer. Sachant que, pour moi, c'était faux, je pensais qu'elle aussi avait menti.

J'ai vécu deux ans et demi avec eux.

Avec Aline, on se disputait, on se réconciliait, on s'entendait bien. C'était un peu une vie de famille, je m'y habituais. J'étais dans un cocon. Comme j'avais ma chambre, je restais isolée. J'avais une télévision, mes bouquins de classe, un magnétophone, des cassettes. J'aimais bien *Charmed*, le feuilleton de M6, les trois sœurs qui sont sorcières. La famille était gentille avec moi.

Le mercredi, ma mère déposait mon petit frère. Il venait vers 11 heures, on déjeunait ensemble, il apportait ses jouets. Quand on a déménagé à la campagne, ma mère rentrait en voiture dans la cour. C'était à trente kilomètres de notre maison de Muizon. Quand j'entendais sa voiture, j'allais à la fenêtre pour la regarder et je me baissais pour me cacher, qu'elle ne puisse pas me voir. J'attendais son arrivée mais je l'appréhendais. J'avais à la fois envie de la voir et pas le courage.

Ma mère continuait à m'écrire. Je ne lui répondais toujours pas. Ma grand-mère aussi m'écrivait. Ma cousine qui est également ma marraine, elle a une trentaine d'années, m'avait écrit pour mon anniversaire et pour Noël. Elle me disait que ce que j'avais dit était faux, qu'il fallait que je dise la vérité.

Je ne leur répondais pas, je n'en avais pas le courage.

Mon oncle maternel et ma tante – ceux qui ont vécu si longtemps chez moi –, mes cousines du côté de ma mère, mes grand-mères avaient fait des demandes pour me voir. Elles ont toutes été refusées par la juge pour enfants. D'abord parce qu'ils pouvaient me parler en portugais devant le « tiers » que la justice impose dans ce type de rencontre. Et puis qu'ils auraient pu m'influencer. Je réalise aujourd'hui que la juge, en cherchant à me protéger, m'a au contraire isolée en m'empêchant de voir les gens que j'aimais et qui auraient pu me faire revenir à la réalité. On ne m'a laissée voir que mes deux petits cousins, Gaspar, mon filleul, qui avait à peine trois ans, et son frère, David, huit ans.

Pour Noël, ma mère m'avait donné un dictionnaire encyclopédique que j'ai toujours, une boîte à musique, un cadre de photos, des bibelots... Pour mon anniversaire, elle m'avait offert un parfum. Chaque fois qu'elle amenait mon petit frère, elle lui donnait de la nourriture dans un Tupperware pour qu'on déjeune ensemble. Elle mettait des spaghettis au thon, des pommes de terre au four avec de la dinde, des escalopes à la crème, des cookies. Tout ce que j'aimais.

Quand la famille d'accueil s'est installée dans la maison à la campagne, plus grande, à environ quinze kilomètres de Reims, d'autres enfants sont arrivés. Je me souviens de deux sœurs, elles avaient six et huit ans. L'une d'elles est partie ensuite dans une école spécialisée, elle avait un problème mental.

Le père d'Aline avait abandonné son travail pour s'occuper de l'accompagnement des enfants en voiture. Il nous emmenait, Aline et moi, au lycée à Reims, j'étais dans la même classe qu'elle, en BEP sanitaire et social. En seconde, je n'avais pas travaillé, personne ne m'avait poussée. Mes parents n'avaient pas pu me conseiller.

C'est la directrice adjointe qui m'avait orientée vers ce BEP parce que j'avais dit que j'aimais bien les enfants. Il n'y avait que des filles dans cette classe. On était formées pour devenir puéricultrices, on étudiait la biologie, l'alimentation, mais aussi les maths et la physique. J'avais souvent les félicitations, j'étais dans les premières. C'était trop facile. J'ai eu mon BEP, mais après je n'ai pas voulu arrêter mes études. J'ai continué. À la rentrée de septembre, je me suis inscrite en première.

Je pensais que j'aurais bien aimé être prof. Je suis passée en terminale, et j'ai eu mon bac avec la mention « assez bien ». Là, les profs ont dit que je ne serais pas à l'aise à l'université, que je ne pourrais pas suivre. Je les ai écoutés, je me suis inscrite en BTS. Je n'aurais pas dû. J'ai fait un an en BTS, ça ne m'a pas plu, c'était trop scolaire. À la rentrée suivante, je suis allée m'inscrire toute seule à la fac de psycho. C'était en septembre 2005, ça faisait déjà longtemps que j'étais rentrée chez moi.

En attendant, pour ma seconde à Saint-Bruno, je me suis retrouvée dans cette classe de BEP. Je n'étais plus avec les autres. Mélanie, je la croisais dans la cour de récréation, sans plus. En fait, je l'évitais, ce n'était plus comme avant, elle m'avait laissée, et, moi, ça me gênait. Laurine était partie dans un autre lycée.

Je n'étais copine qu'avec Aline, on parlait des cours, de la vie de tous les jours. C'était la routine. Je ne savais pas ce que devenait mon père, je ne me posais pas la question. Je ne cherchais même pas à savoir.

Deux assistantes sociales et deux éducatrices se sont succédé pour mon « suivi ». Je me rappelle la dernière. De temps en temps, elle venait me voir chez l'assistante maternelle. On discutait, mais on ne parlait pas vraiment de mon père. En fait, elle pensait que j'allais bien. Très bien, même. Ma mère m'a raconté qu'un jour elle lui avait dit que je n'avais pas l'air d'avoir été violée. Il y a eu un silence, et elle a repris : « Mais si, elle a été violée. »

Dans la famille d'Aline, ils pensaient que j'étais correcte, qu'ils pouvaient avoir confiance en moi. Ils me laissaient parfois seule. J'aimais bien aider l'assistante maternelle à s'occuper des plus petits. Elle aussi pensait que j'allais bien. C'est ça qui leur a fait croire, à tous, que c'était vrai. Je suis quelqu'un de sérieux.

Quand j'étais au foyer, il fallait que j'aille chez la psychologue, mais je ne parlais jamais de mon père, je tournais autour du pot. Elle me laissait parler de ce que je voulais. Si je n'entrais pas dans le sujet, elle ne l'abordait pas. Elle aussi me voyait comme quelqu'un de sérieux, de timide, qui n'était pas du genre à raconter des histoires. Une fois dans la famille d'accueil, les rendez-vous se sont arrêtés. Ce n'est que bien plus tard que j'ai décidé de consulter à nouveau un psychologue.

Chez Aline, ma mère prenait souvent de mes nouvelles. Elle veut toujours le meilleur pour moi, elle est comme ça, mais dans ma famille d'accueil ils ne le supportaient pas. Les autres mères ne se préoccupaient pas de leurs enfants. Ma mère, si. Elle continuait à s'occuper de moi, malgré tout. Dès qu'il y avait un petit problème matériel, elle était présente, elle essayait de le résoudre. Elle ne me voyait pas mais elle téléphonait tout le temps. L'assistante maternelle devait en avoir un peu marre. Elle me disait : « Ta mère, elle est dure », et répétait : « Elle est difficile, ta mère. » Sans le savoir, par ce genre de réflexions, elle ne m'encourageait pas à la voir.

Plus tard, après le procès, il a suffi que l'assistante maternelle me dise : « Pourquoi tu ne parles pas à ta mère au téléphone ? » pour que je lui parle. Quand elle m'a demandé : « Pourquoi tu n'irais pas voir ta mère ? », ça m'a fait un déclic, j'ai pensé : « C'est vrai, c'est bête, pourquoi je n'y vais pas ? » À ce moment-là, il a fallu qu'elle me le propose pour que je me dise : « Oui, j'y vais, je vais voir ma mère. »

Avant que ma famille d'accueil emménage à la campagne, j'allais voir d'anciens amis de mes parents. C'étaient des Portugais, comme nous, lui, il s'appelait Jordao, elle, Inacia. Je commençais à avoir la nostalgie de ma famille, de la langue portugaise. J'ai demandé l'autorisation d'aller chez eux. Il a fallu que la juge pour enfants donne son accord, elle a envoyé une éducatrice parler avec eux et visiter leur appartement.

Ma mère aussi a été consultée à propos de ces visites. J'étais tout le temps sous surveillance. Même quand j'allais dormir chez une copine, il y avait une enquête.

J'allais souvent chez Jordao et Inacia, j'y restais quelquefois le week-end. Malheureusement, ils ont cru à mon mensonge. S'ils n'y avaient pas cru, que se serait-il passé ? Est-ce qu'ils auraient pu m'aider ? Avec eux, je n'en ai pas vraiment parlé. Ils ont pourtant raconté des choses fausses dans notre village au Portugal. Par exemple, ils ont dit que, le jour de Noël, ils ont pleuré devant moi parce que je leur en avais parlé. C'est faux. Cette famille en parlait bien plus que moi...

Ces gens, c'étaient nos amis. Je les ai toujours connus. Un jour, Inacia m'a parlé de Gilberto, son fils de huit ans parti au Portugal avec sa grand-mère. Elle m'a dit, en portugais : « Gilberto est un être de mon être... le fruit de ma vie... la vie de ma vie... Jordao, pour moi, n'est qu'une signature sur un papier. » Elle me l'a tellement répété que ça m'a marquée. Plus tard, j'ai envoyé une lettre à ma mère, en lui écrivant, aussi en portugais : « Je suis un être de ton être… le fruit de ta vie… la vie de ta vie… Papa, pour toi, n'est qu'une signature sur un papier. »

J'avais complètement oublié cette lettre, ma mère l'a gardée, et en la relisant aujourd'hui je me rends compte à quel point je pouvais répéter sans réfléchir ce que j'entendais.

Les jours passaient. Les semaines. Les mois. Je ne faisais que ce qu'on me disait de faire. Au fond de moi-même, je n'y pensais pas vraiment, à mon histoire, à mon père, à ma mère, à ce que pouvait penser la famille au Portugal. Le dimanche matin, j'écoutais parfois la radio portugaise où on pouvait choisir des morceaux de musique qu'on dédicaçait. Ça me faisait penser à ma vie d'avant, alors je pleurais, mes parents me manquaient, ma famille, ma maison. Mais je ne pensais pas à ce qu'était devenu mon père. C'était comme si j'avais tout mis de côté.

C'était comme si j'étais dans un autre monde. Je ne me sentais pas à ma place, mais je ne bougeais pas.

De temps en temps, je me disais : « Mais pourquoi j'ai dit ça à Mélanie ? Pourquoi Mélanie l'a répété ? » Je mettais les deux questions au même niveau, l'une n'était pas plus importante que l'autre. Mais, comme je n'étais pas malheureuse, je n'y pensais pas tout le temps. J'étais dans ma bulle.

Je crois que les services sociaux, la juge pour enfants, l'assistante maternelle ne se posaient pas de questions. Ils pensaient : elle va bien, tant mieux.

Je ne leur posais pas de problèmes.

Eux, ils s'occupaient de ceux qui posaient des problèmes.

12 juin 2001

J'avais seize ans et demi.

Je vivais depuis plus d'un an dans la famille d'accueil et je n'avais aucun contact avec mon père.

Je savais qu'il était en prison, mais je ne le savais pas. Je n'arrivais pas à l'imaginer. C'est compliqué à comprendre, mais je n'arrivais pas à me rendre compte que mon père était en prison ; pour moi, on ne met pas les gens en prison s'ils n'ont rien fait. C'était inimaginable.

Personne ne me parlait vraiment de mon père. L'assistante maternelle, ou l'assistante sociale, je ne sais plus, m'avait dit un jour que mon père était en prison. C'était peut-être pour me rassurer, mais je ne demandais rien, il n'y avait aucune raison de me rassurer. Je n'en parlais jamais avec Francisco, mon petit frère.

Et c'est bien après que j'ai su que mon père avait été remis en liberté en décembre 2000, pendant quelques mois, pour des raisons de procédure. Son procès qui était prévu ce mois-là, a été reporté car les avocats étaient en grève.

Il est arrivé libre au palais de justice.

Le procès de mon père a duré une journée, le 12 juin 2001. Mon assistante maternelle m'a accompagnée. En arrivant devant le palais de justice, je l'ai vu. Il était avec son avocat, je l'ai juste aperçu de dos monter les marches du palais. Il portait un de ses costumes, le vert foncé. Il ne met des costumes que pour les grandes occasions.

J'ai eu une drôle d'impression en le revoyant. Il était loin. Je n'arrive pas à exprimer ce que j'ai ressenti à ce moment-là.

Je suis entrée à mon tour dans le palais de justice, avec l'assistante maternelle. On a monté l'escalier, puis, à l'intérieur, il a fallu encore monter un escalier jusqu'à la cour d'assises, au premier étage. Je portais des lentilles de contact, ce jour-là ; je suis myope. Elles me fatiguaient les yeux. J'ai croisé mon oncle, celui qui a habité chez nous, puis ma tante maternelle et son mari. Ils étaient venus tous les trois exprès du Portugal pour soutenir mes parents.

Ils étaient assis à l'extérieur de la salle. Ils m'ont regardée. Je ne leur ai rien dit. J'avais honte, je les aimais très fort, je les aime toujours autant.

Le procès se tenait à huis clos, il n'y avait pas de public. Avant le procès, l'administrateur ad hoc m'avait accompagnée pour visiter l'intérieur de la cour d'assises. J'ai vu comme c'était grand et très haut de plafond. Elle ne m'a pas expliqué le rôle du président, ni celui de l'avocat général, ni comment se déroulait un procès d'assises. Elle m'a montré où je serais installée, où serait mon avocate, et où serait mon père. C'est tout.

J'étais devant, à côté de mon assistante maternelle. Il y avait aussi l'assistante sociale et l'administrateur ad hoc. Encore devant moi, sur la gauche, mon avocate. Plus loin, sur la droite, mon père et son avocat. Devant moi, en arc de cercle, surélevés, les sièges des jurés. Au milieu, le président avec une robe rouge, à sa droite et à sa gauche, deux magistrats.

Ma mère, je l'ai su après, avait été conduite dans une petite salle à côté parce qu'elle allait témoigner et qu'elle n'avait pas le droit d'assister au procès jusqu'à son témoignage.

Mon père, j'évitais de le regarder. Je sentais que lui me regardait. Alors, je baissais la tête. Je ne me souviens pas des jurés. Je ne les regardais pas. Je regardais par terre. Je ne me souviens d'aucun visage ni de la façon dont ils étaient habillés.

J'étais là parce qu'on m'avait demandé de venir, mais c'était comme si je n'étais pas là. Comme si j'étais dans un autre monde. Cette journée était une journée folle. J'étais là sans y être. À cette époque, je vivais comme ça, dans un autre monde. Des années plus tard, en 2005, un psychiatre a décrit l'état dans lequel je me trouvais. Dans son rapport, il a parlé d'une « *longue période de dépersonnalisation vécue dans un état quasi hypnotique* ». C'est vrai, j'étais comme ça.

Le procès de mon père a commencé à 9 heures. Je n'ai aucun souvenir de la lecture de l'arrêt de renvoi. Pourtant, elle est faite à haute voix pour que les jurés sachent de quoi mon père était accusé.

« *Devant les enquêteurs, Virginie Madeira détaillait les faits dont elle aurait été victime. Ils avaient débuté lorsqu'elle avait environ six ou sept ans et que la famille Madeira habitait à Reims dans le quartier Croix-Rouge. Selon le récit qu'elle en faisait, son père lui demandait de le rejoindre pour faire la sieste lorsqu'elle n'avait pas classe, en général le samedi ou le dimanche pendant que sa mère travaillait comme aide-soignante dans une maison de retraite. Elle s'allongeait à côté de lui et subissait ses caresses par-dessus ses vêtements puis en dessous sur la poitrine et le sexe, alors que son père était vêtu d'un slip qu'il retirait au bout d'un moment. Alors, il la plaçait à califourchon sur lui et la pénétrait avec son sexe, durant environ cinq minutes, en la faisant bouger en la tenant par la taille. Il se retirait d'un seul coup pour éjaculer hors de son sexe et utilisait des serviettes posées sur la table de nuit pour s'essuyer et l'essuyer.* »

J'ai entendu ça sans l'entendre. Je n'ai pas réagi. C'est incroyable, mais je ne garde aucun souvenir de ce récit, de ces mots, de ce qui se racontait là. Je restais tête baissée.

« *Interrogé par les services enquêteurs, Antonio Madeira, père de Virginie, niait farouchement tout geste sexuel sur sa fille, prétendant que celle-ci inventait une histoire à cause de son camarade dont le nom figurait dans son journal intime. Il ajoutait avoir eu vent de l'affaire avant de venir aux services de police car, ne pouvant avoir d'explication sur le non-retour de sa fille à la maison, il s'était adressé à son avocat qui lui avait exposé, après avoir rencontré le procureur de la République, qu'il s'agissait d'une affaire de sexe. Il expliquait alors avoir fouillé les affaires de sa fille et avoir trouvé son journal intime. Son épouse soutenait la version de son époux, apportant même aux policiers la copie du journal de Virginie Madeira.* »

Mon père n'a jamais « fouillé » dans mes affaires. C'était ma mère et Inacia qui l'avaient fait. Et la lecture continue :

« *Présenté au juge d'instruction et mis en examen, Antonio Madeira, assisté de son conseil, changeait de version et soutenait avoir seulement pratiqué des caresses sur les seins et sur le sexe de sa fille sans aucune pénétration et expliquait toujours la défloration de sa fille par l'existence du camarade mentionné sur le journal intime.* »

Bien sûr, j'aurais dû réagir. J'aurais dû me lever de mon siège. Crier que ce n'était pas vrai. Leur dire que jamais je n'avais « détaillé les faits ». Jamais je n'avais fait de « récit ». Mais rien.

Je n'ai réellement entendu aucune de ces phrases. J'ai déjà dit que bien après j'ai su comment l'avocat de mon père lui avait conseillé d'avouer des attouchements pour obtenir du juge qu'il le laisse en liberté. L'avocat allait lui donner des conseils encore pires. Mais sur le moment…

« *Virginie Madeira n'a à aucun moment varié dans ses déclarations, y compris à l'occasion de la confrontation, malgré le caractère pénible pour elle de cet acte d'instruction. Ses déclarations sont confortées par l'expertise psychologique et par les examens médicaux qu'elle a subis. Ces examens qui confirment l'existence de pénétrations répétées et anciennes excluent l'hypothèse d'une liaison passagère de l'adolescente avec un camarade. Une telle liaison serait d'ailleurs en totale contradiction avec les documents recueillis, que ce soit son journal intime ou différents courriers qui montrent la grande timidité de Virginie Madeira à l'égard de ses camarades masculins et son émoi à la simple idée que l'un d'eux puisse la regarder. Son frère a d'ailleurs confirmé la rareté de ses sorties, l'adolescente paraissant confinée dans le milieu familial. Quant au silence que la mineure a gardé dans son journal intime, sur les actes reprochés à son père, loin de prouver leur inexistence, il peut au contraire traduire la honte qu'elle en avait conçue et qui a mis obstacle à une telle relation écrite. D'ailleurs même les simples attouchements pourtant reconnus par Madeira ne sont pas mentionnés dans ce journal intime.* »

Je ne me rendais pas compte du danger de ce qui se disait, je ne voyais pas que, bientôt, ça allait être trop tard. Un peu avant la fin de la lecture de l'arrêt de renvoi, on a parlé de la personnalité de mon père. « *Très tôt conduit à travailler, il ne reçut qu'une instruction sommaire malgré une très bonne éducation maternelle.* » On a dit comment il « *était acharné au travail* », « *disponible et serviable* ». Comment il « *évoluait dans une famille et une belle-famille très soudées qui lui apportaient tout au long de l'instruction un soutien rendant la position de Virginie Madeira très délicate, notamment vis-à-vis de sa mère, persuadée de l'innocence de son époux* ».

C'était comme s'ils parlaient une autre langue. Ensuite, j'ai vu mon père se lever, je l'ai entendu parler. Il a montré des cicatrices, il en avait une sur le front. Mais c'est comme si j'avais regardé la télé et que je me souvenais aujourd'hui de ce passage.

On est sorties vers midi, avec l'assistante maternelle, pour aller manger un sandwich, et on est revenues.

L'ancien patron de mon père, un Portugais, est venu témoigner, je ne me souviens pas de ce qu'il a dit, je sais maintenant que c'était en sa faveur. Puis, je crois, ç'a été le tour de l'enquêteur qui avait interrogé mon père. Mon père avait dit à la cour que ce policier lui avait lancé des trombones à la figure pendant son interrogatoire. Le président a cherché à en savoir plus, le policier l'a mal pris. Lui, il est resté dans la salle jusqu'à la fin.

Il était 17 heures environ quand ma mère est enfin entrée dans la salle. En y repensant aujourd'hui, je me rends compte à quel point elle était anéantie, accablée, en arrivant dans la cour d'assises. Elle m'a regardée d'un air peiné. Elle s'est approchée de la barre.

Je ne lui avais jamais reparlé depuis notre rencontre au foyer. Après l'avoir croisée dans le bus, je l'avais vue une autre fois, dans un parc de Reims. J'étais à vélo avec Aline et je me suis enfuie. Je l'ai aperçue une troisième fois à Carrefour, et je me suis enfuie aussi.

Puis elle a quitté la salle en me regardant d'un air désespéré.

Après ils m'ont appelée. J'ai dû rester cinq minutes à la barre. Le président m'a demandé si je voulais raconter, j'ai fait signe de la tête que non. Il m'a posé des questions. Il m'a demandé ce que m'avait fait mon père. Attouchements ? Oui ou non ? Pénétrations ? Oui ou non ? Je me sentais obligée de dire « oui » ou « non ». Il m'a ordonné : « Parle devant le micro. » J'ai parlé, et gardé la tête baissée.

Ensuite, je me souviens des avocats. C'est comme s'ils parlaient dans le vide. L'avocat général a demandé vingt ans.

L'avocat de mon père lui avait conseillé de tout avouer, sinon il risquait la peine maximale. Alors mon père a dit : « Oui, je valide tout ce que vous me dites. » Le président a dit : « Quoi ? Qu'est-ce que vous validez ? » Alors, mon père a dit : « Je valide tout. » Il ne savait pas trouver les mots.

Puis on est à nouveau sortis. Il fallait que les jurés délibèrent. Je ne sais pas combien de temps ça a duré, je n'avais aucune notion du temps. Quand la cour est revenue, qu'on est rentrés dans la salle, mon père était debout. Quand le président a dit « douze ans », c'est comme si j'avais reçu quelque chose dans le cœur. Je crois que le président m'a regardée. Il m'a demandé si je voulais dire quelque chose. Au moment où il était en train de me parler, ils emmenaient mon père menotté.

Je me suis levée. Pour la première fois de la journée, j'ai bougé. Tout à coup, c'était comme si je me réveillais.

J'ai couru vers lui. Je me suis précipitée dans la petite salle où ils l'emmenaient. Il avait deux escortes, une de chaque côté. Ils m'ont laissée faire. Je me suis jetée dans les bras de mon père, et j'ai dit : « Pardonne-moi ! » en le serrant contre moi. Il m'a dit : « T'es une brave fille. »

Retour à la maison

J'ai serré mon père dans mes bras, il avait beaucoup maigri, puis on s'est quittés. Je ne sais plus comment on est partis, lui dans un sens, moi dans un autre. Autour de nous, il n'y avait que les gardes en uniforme de gendarmerie. Ils n'ont rien dit. L'assistante sociale est venue tout de suite me chercher.

Quand je suis retournée dans la salle d'audience, mon avocate et mon assistante maternelle étaient sûrement là, mais je ne m'en souviens pas. À quoi je pensais ? Aux douze ans ? À la prison ? J'étais sonnée.

Je suis rentrée avec mon assistante maternelle, chez elle. Je pense aujourd'hui que si j'étais rentrée chez moi, j'aurais pris tout à fait conscience de ce qui venait de se passer au palais de justice, car j'aurais été dans mon milieu. Chez moi, j'aurais été dans la réalité. Là, ce n'était pas ma famille, je n'avais rien à y faire, ce n'était pas mon histoire. Là, je ne pensais pas à ce que je pouvais faire pour aider mon père. Je n'en avais aucune idée. Je me disais qu'un jour on s'en sortirait, c'est tout. J'avais confiance. Au fond de moi-même, je savais, ce soir-là, que mon père ne resterait pas en prison. On ne laisse pas en prison les gens innocents.

Quand on est arrivées, il était déjà tard. Je ne me souviens pas si on a parlé pendant le trajet, je n'en ai aucun souvenir. Je me souviens simplement d'avoir bu un bol de chocolat, et d'avoir pensé qu'un jour, je dirai que j'ai menti.

Le lendemain, 13 juin, j'ai repris ma vie d'avant. À cette époque, j'étais en stage dans une école maternelle. J'étais avec des enfants de quatre et cinq ans, j'aidais la maîtresse.

Le 14, en fin d'après-midi, le téléphone a sonné. C'était mon oncle, le frère de ma mère. Je ne me rappelle pas ses mots exacts, mais il voulait me prévenir que mon autre oncle, celui qui était venu lui aussi au procès, était mort la veille, sans qu'on s'y attende, il avait été transporté en urgence dans une clinique où il était décédé. Il avait quarante-huit ans.

J'ai appris plus tard qu'il était atteint sans le savoir d'une très grave maladie neurologique, le syndrome de Guillain-Barré. Cette mort inattendue, tragique, m'a laissée indifférente.

Dans la famille de mon assistante maternelle, je ne me suis jamais réellement sentie chez moi. En été, je n'aimais pas me montrer en débardeur ou en tee-shirt. Quand ils recevaient des visites, j'étais mal à l'aise. Même avec eux, je ne me sentais pas à ma place. Je les tutoyais, je leur faisais un bisou le soir avant de me coucher, j'étais gentille avec eux, je les respectais. Ils étaient gentils avec moi. La routine était revenue et, avec elle, s'éloignaient mon père, ma mère, la réalité. Tout s'estompait à nouveau. Moi, je regardais la télé dans ma chambre.

J'avais de l'argent de poche, de l'« argent de vêture », comme l'appelait le département, parce que ça servait à acheter des vêtements. Ce fonds était alimenté par les parents des enfants placés ; ma mère y contribuait en fonction de ses revenus.

Je crois que cet été-là la fille aînée de l'assistante maternelle s'est mariée. Il y a eu une fête, ils avaient accepté que j'invite une copine. J'ai assisté à la cérémonie, mais, à l'heure du déjeuner, je ne me sentais pas bien, je ne suis pas allée au restaurant avec eux. Parmi les invités, il y avait une famille avec un petit bébé que j'ai proposé de garder. Le soir, je ne voulais pas danser. Je suis allée manger ailleurs avec ma copine. Ils ont payé deux repas pour rien. Plus tard, l'assistante maternelle me l'a fait remarquer gentiment. Mais je ne me sentais pas à ma place à cette fête.

L'été, les dimanches, ou pendant les vacances, j'allais me promener, je faisais un petit tour dans les bois, j'emmenais les deux chiens, je partais tantôt seule, tantôt avec Aline. Ils avaient un minitracteur, on faisait un tour dans le village avec Aline et les filles de la maison. Ça faisait trop de bruit, c'était rigolo.

Chez eux, quand on était à table, on était six ou sept. C'était vivant. Moi, je ne disais pas grand-chose. Parfois, pour rire, l'assistante maternelle me disait : « Virginie, arrête de parler ! » Il y avait une bonne ambiance, c'était plus gai que chez moi. Il n'y avait pas les problèmes de mon frère. Leur mode de vie était totalement différent du nôtre. Le père avait arrêté de travailler – avant, il était coursier – pour devenir lui aussi assistant maternel. C'est lui qui faisait le « taxi », les accompagnements, comme je l'ai dit.

Quand il ne travaillait pas, il aimait bien s'allonger sur son canapé, écouter de la musique, il mettait un casque. Il bricolait dans le garage, toujours avec son casque. On discutait ensemble de temps en temps, de ce qu'on avait vu à la télévision, de tout, de rien, d'Aline, de mes études. Mais pas de ma famille.

Parfois, lui, ça n'allait pas, alors j'allais le voir, j'étais la bonne oreille, la fille à qui on dit tout et qui ne dit rien. Quand on me confiait quelque chose, je ne le répétais pas. J'arrivais à lui sortir les mots de la bouche, j'étais curieuse, mais je restais discrète. Il aimait bien s'amuser, il adorait ça. Il se chamaillait avec Aline, gentiment, mais pas avec moi, c'est moi qui ne voulais pas, je ne me laissais pas aller, je ne me montrais pas comme ça. Avec l'assistante maternelle aussi je parlais. Parfois, elle et son mari me forçaient à sortir de ma chambre. Quand on était à table, je me dépêchais de manger pour y retourner plus vite.

Un jour, il y avait eu une brocante dans le village. Je n'avais rien à vendre, mais je voulais faire comme les autres. J'ai pris ce que j'avais de plus beau. Une super-poupée qui s'appelait

Malicia et qui parlait. On pouvait lui faire dire mon prénom, elle appelait « maman », elle demandait à boire. On lui disait « chante, Malicia », et elle chantait *Au clair de la lune*... C'étaient mes parents qui me l'avaient offerte. J'ai pris aussi ma guitare. Un autre cadeau de mes parents. Je suis allée les vendre. L'assistante maternelle ne m'a rien dit, elle aurait pu m'empêcher de me séparer de ce que j'avais de mieux. Ça me fait encore mal au cœur aujourd'hui de les avoir vendus, je regrette beaucoup.

À un moment, vers la fin de mon séjour chez eux, l'assistante maternelle m'a accusée d'avoir volé un CD. Après, elle l'a retrouvé, c'était le chien qui l'avait ramassé, alors elle s'est excusée. Une autre fois, elle m'a accusée d'avoir volé de l'argent à Aline. Ce n'était pas vrai. Ces fausses accusations m'avaient énervée, j'étais triste. L'assistante maternelle voyait que ça n'allait pas.

Un jour, début septembre, ma mère a téléphoné pour annoncer qu'elle était hospitalisée pour une chute de tension. Elle voulait me parler. L'assistante maternelle m'a appelée et m'a dit : « Pourquoi tu ne lui parlerais pas ? » C'était la première fois qu'on m'encourageait. J'ai pris le téléphone.

Le 31 décembre, je me rappelle qu'à minuit j'ai vite appelé ma mère pour lui souhaiter la bonne année. L'assistante maternelle voulait téléphoner aussi, elle m'a dit : « Dépêche-toi ! » Je suis tombée sur le répondeur. Elle devait dormir.

À partir de là, je lui parlais de temps en temps au téléphone. De mes études, de mes notes, de ce que je faisais, de tout et de rien. J'étais en deuxième année de BEP. L'année précédente, j'avais fait un stage en école maternelle. Je devais en choisir un autre. Soit dans une école maternelle, une halte-garderie, ou chez des personnes âgées. J'ai choisi d'aller au foyer de l'enfance. Ça ne m'embêtait pas d'y retourner, et puis j'étais dans l'autre bâtiment. Il fallait y rester un mois entier, tout décembre, parce que, sinon, il y aurait trop de va-et-vient pour les enfants. On ne parlait pas de mon père, ni de la famille. Elle m'appelait régulièrement, et on restait pas mal de temps au téléphone, l'assistante maternelle me faisait signe de raccrocher. J'avais l'impression qu'elle ne comprenait pas, pourtant elle aussi était tout le temps collée au téléphone... Une fois, j'ai dit à ma mère que je ne me sentais vraiment pas chez moi dans la famille d'accueil ; je pleurais au téléphone.

L'assistante maternelle m'a vue pleurer et a dit à voix haute – pour que ma mère l'entende – que ces coups de fil ne servaient à rien si c'était pour me faire pleurer. Si ça continuait, il fallait arrêter. Ma mère m'a dit : « Passe-la-moi », et elle a expliqué à l'assistante maternelle qu'elle n'y pouvait rien si je n'étais pas bien, que ce n'était pas elle qui me faisait pleurer. L'assistante maternelle a répondu que, dans ce cas, elle n'avait qu'à venir me chercher. Ma mère a répondu qu'elle ne pouvait pas, qu'il fallait l'autorisation de la juge pour enfants.

J'avais de plus en plus envie de voir ma mère, de quitter la famille d'accueil. Je voulais retourner chez moi. Mais ce n'est pas moi qui ai demandé à partir, j'ai attendu qu'on me le dise. Une fois encore, je laissais les autres décider à ma place. Et c'est arrivé le jour où l'assistante maternelle m'a dit : « Mais pourquoi tu ne vas pas voir ta mère ? » Il a fallu qu'elle dise ça pour que je pense : « Mais oui, pourquoi je ne vais pas voir ma mère ? » Ç'a été un déclic. Comme une autorisation que j'attendais.

La première fois, une éducatrice m'a accompagnée à la maison. C'était pendant les vacances de février. Ça m'a fait une drôle d'impression. L'éducatrice a sonné, ma mère est venue ouvrir. On s'est serrées très fort dans les bras. Tout ce que j'ai trouvé à lui dire, c'est : « Tu as toujours ton grain de beauté sur la joue ! » Elle était en train de préparer une sorte de banderole de bienvenue qu'elle n'avait pas eu le temps de finir.

On est allées s'asseoir sur le canapé du salon. Avant qu'on puisse parler, l'éducatrice a rappelé à ma mère que j'attendais qu'elle me dise quelque chose. Ma mère s'est accroupie devant moi et a chuchoté : « Oui, je te crois. » Elle savait que c'était la seule méthode pour qu'elle puisse me voir et que je puisse la voir. Elle a été forcée de me mentir pour qu'on puisse établir un contact… ça m'a fait un effet bizarre, forcément. On s'est encore serrées dans les bras l'une l'autre, puis l'éducatrice est partie.

On est restées seules toutes les deux.

Je sais aujourd'hui que ma mère ne m'a jamais lâchée. Heureusement. Elle a réussi à ne jamais braquer mes frères contre moi. Ni l'un ni l'autre ne m'ont jamais reproché quoi que ce soit. Ils ne m'ont jamais rejetée.

Je n'étais pas revenue depuis presque deux ans et demi à la maison, j'en ai fait tout le tour, ça m'a fait plaisir de revoir la cuisine, les chambres, le jardin. Ce jour-là, mes frères n'étaient pas là. On est restées toutes les deux à discuter, elle ne pleurait pas, moi non plus, je n'arrivais pas à montrer mes émotions. À la fin, ma mère m'a raccompagnée chez l'assistante maternelle, je lui ai demandé d'entrer dans la maison, je voulais lui montrer où je vivais. Je lui ai fait visiter ma chambre.

Après ce premier jour, on s'est revues régulièrement sans l'intermédiaire de l'éducatrice. Ma mère venait me chercher directement au lycée. Et, bien sûr, on se parlait souvent au téléphone. Peu à peu, elle s'est mise à me parler de mon père. Il était à la maison d'arrêt de Reims. Elle me disait qu'elle allait le voir le lundi, le mercredi et le samedi. Le lendemain des visites, je lui demandais de ses nouvelles. Elle me disait que, si je voulais, je pouvais lui écrire. Je ne voulais pas, je n'en avais pas le courage. Puis j'en ai eu envie. Je lui envoyais des petites cartes, quelques lignes. Je disais que j'espérais qu'il allait bien, enfin, des petits trucs comme ça.

Au bout d'un moment, j'ai voulu rester dormir chez moi, mais l'assistante maternelle s'y est opposée, elle ne pouvait pas me laisser passer la nuit hors de chez elle. Le 21 février, j'ai eu un droit de visite et d'hébergement accordé par la juge pour enfants. C'est-à-dire que je pouvais enfin rester dormir chez moi. Mais je n'ai eu le droit de rentrer vivre à la maison que le 25 juin 2002, un an après la condamnation de mon père, et encore ce droit n'était pas définitif. Il ne l'a été qu'à ma majorité, en novembre. Je venais de décider de continuer mes études. J'étais admise à entrer en première.

Un jour, au début de l'été, ma mère était couchée, elle se reposait, j'ai eu envie de lui parler.

Je suis allée la voir dans sa chambre, je me suis assise sur son lit, à côté d'elle, et je lui ai dit : « Tu sais, ce n'est pas vrai, tout ça. » Elle m'a regardée et elle m'a dit : « Oui, je l'ai toujours su... Je suis contente que tu aies le courage de m'en parler. Ce que je ne comprends pas... Est-ce que tu as eu quelque chose avec quelqu'un ?

– Non.

– Pourquoi ils t'ont trouvé quelque chose ? » Je lui ai dit que je ne savais pas. J'ai ajouté : « Je crois qu'il faut faire sortir papa. »

« Je vous en supplie, aidez-nous ! »

Quand j'ai dit à ma mère qu'il fallait faire sortir mon père de prison, elle m'a dit qu'elle avait entendu parler d'une avocate, maître Martin, qui connaissait le collectif JAMAC. C'est une association dont l'objet est d'« œuvrer à l'établissement de procédures ayant le double souci de la protection de l'enfant et du respect de la présomption d'innocence en cas d'accusation de violences sexuelles dans l'Éducation nationale ». Depuis la condamnation de mon père, ma mère ne savait pas comment faire pour l'aider, elle s'était mise en relation avec cette association, même si celle-ci se consacrait en priorité aux enseignants. Ce collectif édite une « lettre » que ma mère lisait, avec des témoignages, des articles sur un instituteur accusé à tort ou des références de livres consacrés aux fausses dénonciations. JAMAC dénonçait « l'aveuglement par l'émotion à tous les niveaux, aussi bien dans l'administration que dans la justice ». Exactement ce qui nous arrivait.

Avant de prendre contact avec maître Martin, j'étais allée voir un avocat à Reims, une avocate, plutôt, dont ma mère avait entendu parler. J'ai pris un rendez-vous avec elle, j'y suis allée comme ça, toute seule. Je lui ai raconté toute l'histoire. Au lieu de m'aider, elle a essayé de me faire peur, elle m'a demandé si je savais ce que je risquais, que je pouvais me retrouver en prison parce que j'avais faussement dénoncé mon père. Je lui ai répondu que ça m'était égal de faire de la prison. Mon père, lui, était en prison, et il n'avait rien fait. Je lui ai expliqué comment j'avais enfin pris conscience de tout ce qu'avait provoqué mon mensonge. Elle ne m'a pas crue. Elle ne m'a même pas dit qu'on pouvait faire une demande de révision. Elle ne m'a pas envoyée chez un autre avocat.

Je sais aujourd'hui comment toute personne condamnée peut demander à ce que sa condamnation soit réexaminée par la justice. Ça se passe à Paris, devant la Cour de cassation. Il faut que survienne un « fait nouveau » ou un « élément inconnu » au moment du procès, et qui soit « de nature à faire naître un doute sur la culpabilité du condamné ». Le fait que je me rétracte, que je retire mon accusation, était un « fait nouveau ». Ensuite, c'est aux magistrats de la Cour de cassation de juger si ce fait est « de nature à faire naître un doute sur la culpabilité » de mon père. S'il y a doute, la condamnation est « cassée » et il y a un nouveau procès devant une cour d'assises.

L'avocate ne m'a rien dit de tout cela. Elle ne m'a pas prise au sérieux.

J'ai essayé ailleurs. On connaissait une autre avocate, près du palais de justice, qui s'occupait de mon frère aîné pour une demande de pension puisque sa maladie s'était déclarée pendant son service militaire. Je suis allée la voir, accompagnée de ma mère. Je suis d'abord entrée seule dans son bureau. Quand je lui ai raconté toute l'histoire, elle s'est mise en colère, très en colère. Ma mère est arrivée à ce moment-là, et l'avocate s'est fâchée aussi contre elle parce qu'elle ne lui avait rien dit jusqu'à maintenant.

Elle ne m'a pas crue non plus. Elle nous a dit qu'elle défendait des cas d'enfants réellement violés. Est-ce que c'est à cause de ça qu'elle n'a pas voulu m'entendre ? Je n'en sais rien. Elle m'a dit que je devrais rendre l'argent versé par mon père. C'était une somme que la cour d'assises l'avait condamné à me verser au titre des « dommages et intérêts ». J'ai dit : « Oui, je le rendrai, s'il faut que je travaille pour le rendre, je travaillerai. » Aujourd'hui, je me sers de cet argent, qui était bloqué jusqu'à mes dix-huit ans, pour payer les frais d'avocats et d'expertises afin d'innocenter mon père. Et je garde toutes les factures.

On a longtemps essayé, ma mère et moi, de faire comprendre à cette avocate ce qui s'était passé. Sans succès. On est parties.

Maître Martin était donc le troisième avocat à qui je me suis adressée. Avant de la voir, je lui avais parlé au téléphone, elle m'a crue parce que, elle, elle sait que des gens accusés peuvent être innocents et qu'elle a l'habitude d'en défendre.

Je suis allée la voir à Paris pour lui expliquer tout ce qui s'était passé. C'était le 3 décembre 2002. Elle m'a conseillé de faire un examen gynécologique et psychiatrique pour appuyer un recours en révision.

La veille, j'avais pris l'initiative d'aller consulter un gynécologue de Reims. Je voulais voir s'il me trouvait quelque chose.

Parce que je n'arrivais toujours pas à comprendre pourquoi on m'avait découvert des « incisures », quasi des « déchirures ». Pourquoi les expertises du dossier avaient conclu à des « pénétrations », alors que ce n'était pas vrai. Le médecin que je suis allée voir – un gynécologue accoucheur, ancien interne des hôpitaux – m'a fait une attestation de trois lignes. Il m'avait fait un examen avec un instrument classique, un spéculum.

« *Je soussigné, docteur O. X., certifie que l'examen réalisé ce jour chez Mlle Virginie Madeira ne permet pas de retrouver de lésion vulvaire hyménéale apparente, l'hymen paraissant par ailleurs intact.* » Enfin ! Pour la première fois un médecin constatait que j'étais vierge, mais ce gynécologue n'était pas expert auprès des tribunaux. Son attestation n'avait pas de valeur aux yeux de la justice.

Maître Martin m'a ensuite donné les coordonnées d'un médecin, gynécologue à Amiens. Je suis allée la voir. Si elle m'avait demandé d'aller voir quelqu'un à Marseille, j'y serais allée…

C'était le 24 janvier 2003, au centre hospitalier universitaire d'Amiens.

« *Je soussignée, docteur N. H., certifie avoir examiné Mlle Virginie Madeira, née le*

27 novembre 1984. Cette jeune patiente a dit avoir eu des rapports sexuels avec son père à l'âge de quatorze ans et depuis nie ces faits. Elle a des antécédents médico-chirurgicaux chargés urinaires, de pyélonéphrite et de reflux vésico-urétéral. Elle a eu ses premières règles à douze ans, présente des cycles réguliers tous les vingt-huit jours, dit ne jamais avoir eu de rapports sexuels et ne jamais avoir utilisé de tampons périodiques. Elle aurait eu deux examens gynécologiques lors des expertises avec pénétration intravaginale d'un doigt. L'examen de la vulve ne trouve pas de cicatrice au niveau de la fourchette ni au niveau anal. L'examen de l'hymen, au Coton-Tige, *puis sur ballonnet de sonde de Folley ne met pas en évidence de déchirure complète. On note à une heure une déchirure partielle ancienne. Cet hymen admet un doigt mais ne peut admettre deux doigts, ce qui ne me paraît pas compatible avec une pénétration d'un sexe d'homme en érection.* »

Pour la deuxième fois, j'étais rassurée. Cette gynécologue avait vu la vérité. Mais l'avocate a trouvé que cette expertise n'était pas assez complète pour le dossier en révision, il fallait plus d'indications sur l'état de l'hymen. Alors, elle m'a envoyée dans le service maternité d'un grand hôpital. Le médecin chef du service m'a examinée. C'était le 18 février 2003.

Ce médecin, une femme, spécialiste en gynécologie obstétrique, et experte près de la cour d'appel, m'a écoutée raconter comment j'avais faussement accusé mon père, puis elle a refait le même examen avec la sonde de Folley. Elle a trouvé sur l'hymen une « *incisure partielle minime à cinq heures pouvant être physiologique* » et « *deux incisures (une complète, l'autre incomplète) périurétrales pouvant être physiologiques, ou secondaires à l'intervention urologique dans l'enfance* ». Pour la première fois, un médecin a fait le lien avec les interventions chirurgicales que j'avais eues bébé puis enfant. « *Il existe des éraillures hyménéales sans défloration complète*, écrit-elle en conclusion. *L'examen gynécologique ne semble pas en rapport avec l'introduction d'une verge dans la période de six à onze ans.* » Ces conclusions n'ont pas été très utiles... Plus tard, la commission de révision des condamnations pénales, qui, à Paris, fait le tri entre tous les dossiers avant de saisir la chambre criminelle de la Cour de cassation, a relevé que le médecin ne s'était pas prononcé pour la période de onze à quatorze ans.

Le 27 novembre 2002, j'ai eu dix-huit ans. Jusque-là, quand je faisais des démarches, ma mère devait toujours être avec moi. Le 27 novembre, je suis devenue majeure, autonome. La première chose que j'ai faite, c'est une demande de droit de visite à mon père à la maison d'arrêt de Reims, et elle a été acceptée.

Je suis allée le voir en décembre. Je m'étais cachée derrière la porte du parloir, ma mère lui avait juste dit qu'il aurait une surprise. Quand je suis sortie de ma cachette, il a dit qu'il était sûr que c'était moi, la surprise ! Il m'a serrée dans ses bras, il avait les larmes aux yeux, je crois. On était heureux de se voir.

Je n'avais pas peur qu'il me fasse des reproches, il n'est pas comme ça, mon père, il ne dit pas trop ce qu'il ressent. Ma mère m'avait prévenue qu'il ne m'en voulait pas, qu'il pensait à moi et m'aimait toujours autant. Et puis on s'était écrit avant.

Il m'a serrée dans ses bras, c'est sa façon de me pardonner.

Lui, ce n'est pas quelqu'un qui parle. Moi, je ne me sentais pas capable de m'expliquer.

Aujourd'hui encore, même si on est plus proches, si on parle un peu plus l'un et l'autre, quand je ne me sens pas bien, qu'il me voit en train de pleurer, il me serre dans ses bras pour me consoler. Il sait que je fais tout mon possible. Moi, je suis toujours sa petite fille.

La visite au parloir dure une demi-heure. Un « double parloir », une heure. Ça passe vite. À l'époque, mon grand frère allait le voir le lundi. Ma mère et mon petit frère, le mercredi. Et moi le samedi, avec ma mère et mon petit frère. Lors de ces visites, mon petit frère, il avait alors neuf ans, parlait beaucoup. Encore aujourd'hui, il est très bavard. Il adorait aller voir mon père. Il était aussi très proche de ma mère. Il était tout le temps avec nous. Pour lui, la famille, c'est très important.

Pendant ce temps, mes démarches pour innocenter mon père avançaient, toujours avec maître Martin. Elle m'a envoyée voir un psychiatre, expert auprès des tribunaux. C'est un médecin renommé, un spécialiste de la parole des enfants et des problèmes sexuels, le docteur Paul Bensussan[1], à Versailles. L'avocate lui avait donné comme mission de rendre un « *avis sur la personnalité de Mlle Virginie Madeira* » et sur la « *crédibilité de sa rétractation* ».

1. Nous avons conservé l'identité de cet expert.

J'ai eu un rendez-vous avec lui le 6 mai 2003, je suis restée dans son cabinet pendant trois bonnes heures, je lui ai vraiment tout raconté, depuis le début, la déclaration à Mélanie dans la cour de récréation, jusqu'à maintenant. L'avocate lui avait communiqué les principales pièces du dossier médical et judiciaire, avec les dernières expertises gynécologiques. Ma mère m'avait accompagnée.

Après mon entretien individuel, il nous a reçues toutes les deux. Il voulait voir notre relation et « *rechercher d'éventuelles pressions psychologiques* ».

Ce qui m'a fait plaisir, plus tard, quand j'ai lu son rapport, c'est qu'il a noté en préalable que des « *examens gynécologiques récents sèment un sérieux doute sur la notion de défloration au sens médico-légal de ce terme* ». C'était la première fois qu'un psychiatre écrivait quelque chose comme ça ! J'étais vraiment contente, j'étais heureuse.

J'ai envie de citer sa conclusion dans son intégralité :

« *Nous sommes chargé de donner un avis sur la crédibilité d'une rétractation, alors même que tout semblait confirmer le bien-fondé d'une condamnation : dévoilement spontané par une victime, aveux du mis en cause, "totale crédibilité" de la victime selon l'expert psychologue, existence de lésions hyménéales "compatibles avec une pénétration pénienne" constatées par l'expert gynécologique.*

« Force est pourtant de constater que le discours de Virginie Madeira paraît fiable : nous n'avons retrouvé trace ni d'induction ou de pressions exercées par sa mère ni de contre-pressions exercées par son père, que Virginie n'a d'ailleurs revu que postérieurement à sa rétractation. Nous avons été au contraire frappé par le respect et la pudeur avec lesquels Mme Madeira a évoqué les sentiments contradictoires qui l'habitent : amour maternel d'une part, conviction de l'innocence de son mari et incapacité à dire que sa fille avait pu "mentir" d'autre part... L'hypothèse de contre-pressions familiales exercées sur Virginie ne peut être éliminée de façon absolue : disons simplement qu'un examen très approfondi ne nous a pas permis de les déceler et que le discours sur lequel nous sommes chargé de donner un avis nous paraît hautement fiable, spontané et sincère.

« L'interprétation psychodynamique de cette dénonciation, qu'il faudrait bien qualifier de calomnieuse si les faits dénoncés

n'avaient pas eu lieu, reste extrêmement complexe, relevant davantage du champ de la psychothérapie individuelle, probablement psychanalytique, que des possibilités et des limites de l'expertise psychiatrique. Il nous semble cependant qu'il ne faut pas sous-estimer les capacités de fantasmatisation et d'érotisation de l'adolescente inhibée qu'était à l'époque Virginie Madeira, ni l'influence qu'ont pu exercer sur elle les émissions radiophoniques et télévisuelles auxquelles elle a fait allusion. Les explications (certes peu élaborées) de Virginie, selon lesquelles elle avait, par ce dévoilement, le sentiment d'avoir quelque chose d'extraordinaire à raconter, susceptible de lui attirer l'intérêt ou la compassion d'amies potentielles, nous paraissent donc mériter d'être examinées avec le plus grand sérieux.

« La capacité de Virginie à maintenir ses déclarations au fil des auditions et des expertises pourrait être expliquée par ce mélange étonnant d'inhibition et d'obstination qui la caractérise, aboutissant au sentiment qu'il lui était difficile ou impossible de faire machine arrière.

« Au total, la rétractation de Virginie Madeira nous semble suffisamment fiable

pour être examinée avec une particulière attention. Rien dans l'examen de la jeune fille, ni dans la partie d'entretien conduite en présence de sa mère, ne permet en effet de disqualifier a priori des déclarations d'une telle importance. »

Cette expertise a été envoyée aux magistrats de la Cour de cassation par l'avocate pour la requête en révision. Il y avait aussi l'expertise gynécologique et les extraits de mon journal intime.

La requête a été rejetée le 29 septembre 2003.

L'avocate avait fait une terrible erreur de procédure. Au départ, elle avait voulu faire la requête en révision de la condamnation de mon père en mon nom. Mais c'est impossible, puisque – tant que mon père n'est pas innocenté formellement – je suis « partie civile », c'est-à-dire victime de mon père. Je ne peux donc pas moi-même réclamer devant le juge qu'on déclare son innocence, selon les règles élémentaires de procédure. Il faut que ce soit lui qui fasse la demande. Mais, au lieu de dire à mon père qu'il devait trouver un autre avocat, elle a fait elle-même la requête au nom de mon père. C'est-à-dire qu'elle s'est désignée comme avocate de mon père, alors qu'elle me défendait.

Sur le plan de la déontologie, les avocats n'ont pas le droit de défendre deux parties adverses l'une après l'autre. Et encore moins de les défendre en même temps ! C'est impossible. Notre dossier était tout faux.

Dans leur décision, les magistrats de la Cour de cassation écrivent qu'ils trouvent que les conditions dans lesquelles je m'étais rétractée, « *auprès de l'avocate du condamné* » et d'un psychiatre qui n'était pas mandaté comme expert par la justice, « *apparaissent éloignées des règles déontologiques* ».

Tout était à recommencer.

Moi, j'y avais vraiment cru, je pensais qu'il suffisait de parler pour que ça marche, pour que mon père soit innocenté. J'avais vraiment confiance, j'étais persuadée qu'ils allaient s'apercevoir que je disais la vérité. Je n'imaginais pas qu'ils pouvaient refuser.

Cela faisait plus d'un an que j'avais parlé à ma mère et qu'on essayait de prouver l'innocence de mon père. Et, lui, il était en prison depuis déjà quatre ans, pour rien.

Je venais de faire ma rentrée scolaire en terminale quand, fin octobre, mon père a été transféré de la maison d'arrêt de Reims jusqu'à la centrale régionale. C'est à deux cents kilomètres de Reims. Pour nous tous, ç'a été un choc, c'était loin, et on ne s'y attendait pas. On ne pouvait y aller que les week-ends. Au fond, c'était normal : Reims est une maison d'arrêt où ne devraient être détenus que les prisonniers en attente de leur procès. La nouvelle prison est un centre de détention pour condamnés. Le transfert de mon père était logique. La seule bonne chose, désormais, était qu'il pouvait nous téléphoner. Au début, il appelait vers 18 heures, le lundi et le jeudi. On guettait l'heure, et on s'inquiétait au moindre retard.

Quand on a dû déménager après la vente de la maison, on a choisi de s'installer près de lui. Il pouvait nous téléphoner tous les jours. Il appelait vers 17 h 30, 18 heures, et de toute façon avant 18 h 45, quand il devait retourner dans sa cellule.

C'est à ce moment-là, après le rejet de la commission, que je me suis mise à écrire des lettres. Je ne voyais plus que ce moyen pour agir.

J'ai d'abord écrit au président de la République, le 31 octobre 2003. Lui, comme il était haut placé, il pouvait faire quelque chose. Je lui ai fait une demande de grâce.

Je lui ai raconté à nouveau toute l'histoire, je lui ai envoyé la copie des expertises, de la décision de la Cour de cassation, ma requête. Je lui ai dit que « je me sens terriblement révoltée contre cette injustice causée par une erreur d'enfance ». Et j'ajoutai : « C'est pour tout cela que je fais appel à vous afin que vous puissiez m'entendre, me comprendre et aider à innocenter mon père ou au moins à le grâcier car il subit, actuellement, innocemment, une peine qu'il ne mérite pas. » J'ai fini par : « Je vous en supplie, aidez-nous ! »

Le même jour, j'écrivis aussi au procureur général de la cour d'appel de Reims, le plus haut placé dans la hiérarchie des magistrats du parquet. Dans chaque lettre, je demandais à subir un examen gynécologique valable devant la justice, avec toujours la même idée en tête : je voulais apporter la preuve de ma virginité pour qu'elle serve à innocenter mon père.

Le 6 novembre, j'ai reçu une réponse de l'Élysée. Et quelle réponse ! Sur le papier à en-tête de la présidence de la République, signé du chef adjoint du cabinet. Il me disait que ma « *requête est transmise, pour instruction et avis, au garde des Sceaux, ministre de la Justice, qui ne manquera pas de vous tenir informée de la décision prise par le chef de l'État* ». Il me renvoyait vers le ministre de la Justice. Alors, j'ai écrit au ministre de la Justice, le 10 novembre. J'ai réexpliqué toute l'histoire, et là aussi j'ai terminé ma lettre par un appel au secours : « Nous avons besoin que vous nous écoutiez. Aidez-nous ! » Il ne m'a pas répondu. J'ai réécrit au président de la République. J'ai renvoyé la même lettre au procureur général.

Le procureur général de Reims m'a répondu le 9 décembre : il ne pouvait pas « donner suite » à mes demandes. C'était non. C'était fini.

Mais je ne voulais pas en rester là. Alors, j'ai écrit à « Sans aucun doute », l'émission de Julien Courbet, sur TF1, dans laquelle il persuadait les gens de faire ce qu'ils devaient faire. Mon but était qu'il arrive à convaincre le procureur général d'accepter de me recevoir et de faire procéder à un examen gynécologique. Ce que je voulais expliquer à la justice, et que je ne suis pas parvenue à faire entendre, est pourtant simple : n'ayant jamais eu de relations sexuelles avec personne, je pouvais prouver l'innocence de mon père. Mais il fallait que je trouve quelqu'un, un expert, une instance, qui soit mandaté par la justice.

J'ai envoyé ma lettre à TF1 le 8 décembre 2003. Ils ont appelé à la maison pendant que j'étais en cours ; ma mère, qui a répondu, a donné mon numéro de téléphone portable, mais ils ne m'ont jamais appelée.

J'ai eu alors le sentiment d'être vraiment dans une impasse. J'avais essayé tout ce qui était possible. Parfois, je me demandais s'il ne fallait pas que je fasse une bêtise pour qu'on m'entende, que je fasse quelque chose contre la justice.

J'ai tout repris de zéro : j'ai commencé à chercher de quelle façon je pourrais prouver, toute seule, que je n'ai jamais eu de relations sexuelles. C'était mon obsession.

J'ai pris moi-même rendez-vous, mon dossier sous le bras, avec un gynécologue expert auprès des tribunaux. Il m'a expliqué qu'il ne pouvait pas faire d'attestation car il n'était pas mandaté par la justice. Mais il m'a examinée et on a parlé. Il m'a dit qu'il n'était pas d'accord avec les conclusions de la première expertise ordonnée par le juge d'instruction quand j'avais quatorze ans. C'était un bon résultat, mais qui ne servait à rien. Je voulais vraiment savoir ce qu'on m'avait trouvé, et pourquoi, alors que je n'avais jamais eu de rapports sexuels avec personne. La seule idée qui m'est venue, c'est d'aller voir ailleurs puisque, en France, personne ne voulait m'entendre. Après tout, dans les autres pays, les expertises gynécologiques existent aussi.

Alors, j'ai cherché si c'était possible dans les pays voisins, où l'on parle français, en Suisse, au Luxembourg, en Belgique. Je téléphonais partout, j'appelais les hôpitaux, personne ne pouvait répondre à ma demande. Un jour, ma marraine m'a dit qu'il existait au Portugal un institut où l'examen était possible.

J'y suis allée en février 2004, profitant des vacances. C'était dans la ville de Coimbra, l'*Instituto nacional de medecina legal, clinica médico-legal* (Institut national de médecine légale, clinique médico-légale). J'y ai subi une *pericia de natureza sexual em direito penal*, (expertise à caractère sexuel en droit pénal).

J'ai été examinée le 23 février. J'ai expliqué pourquoi je voulais cette expertise. Les médecins, deux femmes, toutes deux « assistantes diplômées en médecine légale », spécialisées dans les expertises sexuelles, ont utilisé un colposcope, la loupe grossissante. Elles ont rendu leur rapport environ deux mois plus tard, le 20 avril. Elles n'avaient rien trouvé : « *Aucun signe objectif de lésion traumatique ou de vestiges de lésions traumatiques n'a été observé au niveau de la superficie corporelle, génitale ou anale*, ont-elles écrit dans leurs conclusions. *L'absence de lésions traumatiques récentes ou anciennes, ainsi que l'absence de perméabilité aux deux doigts juxtaposés de l'un des experts qui ont procédé à l'examen nous amènent à admettre que la personne examinée n'a pas subi de pratiques sexuelles.* » Juste après l'examen, l'une des deux médecins m'avait dit : « Bon, ne vous remettez pas dans une situation pareille ! »

Quand j'ai reçu le rapport, je l'ai fait traduire en français par une interprète experte auprès de la cour d'appel de Reims, pour qu'il n'y ait aucun doute sur la traduction.

Dès que j'ai eu la traduction, j'ai envoyé l'expertise du Portugal au procureur général de Reims le 30 juin 2004. Il m'a répondu le 5 juillet, très vite. Refus. « *Aucun cadre juridique ne me permet, à supposer que cela me paraisse opportun, de donner suite à votre demande de désignation d'un expert judiciaire aux fins de vous examiner.* » Signé par un substitut femme.

Je suis revenue à la charge le 8 juillet en réécrivant au procureur général lui-même. Réponse le 23, c'était encore non. Et, pourtant, il disait qu'il s'était donné de la peine : « *Je puis vous indiquer,* m'écrit-il, *après avoir personnellement revu l'entier dossier relatif à la condamnation de votre père, que votre demande de rendez-vous me paraît sans objet.* »

Alors, là, je ne voyais plus ce que je pouvais faire. Je cherchais partout. J'ai passé l'été à chercher. Je venais d'avoir mon bac. J'avais le temps. Je ne faisais que ça. Je me souviens d'être allée voir mon ancien administrateur ad hoc. Je lui ai expliqué que je voulais que la vérité éclate. Elle m'a dit : « Quelle vérité ? »

Je l'ai rappelée, plusieurs fois, pour lui demander si elle pouvait me diriger vers quelqu'un qui pouvait faire quelque chose. Une fois, elle me répondait qu'elle n'avait pas eu le temps. Une autre fois, qu'elle n'avait pas trouvé la personne. Et elle me disait de rappeler plus tard. Et, chaque fois, je rappelais. À la fin, elle m'a déclaré que personne ne pouvait rien faire pour moi.

J'étais même allée au commissariat de police pour leur expliquer, je voulais qu'ils prennent note de mon témoignage. Les policiers m'ont dit qu'ils ne pouvaient rien faire. Que cela ne relevait pas de leur pouvoir ni de leur compétence. Ils m'ont expliqué que eux, ils étaient tout en bas, qu'ils ne pouvaient pas faire ce que je leur demandais. Ils ont simplement noté que j'étais passée dans leurs locaux.

J'ai quand même continué. J'ai téléphoné au maire de mon village pour avoir un rendez-vous. Il m'a reçue, et je lui ai tout raconté. Il m'a promis qu'il allait en parler avec une députée. Je suis moi-même passée à la permanence de cette députée, elle n'était pas là. La secrétaire m'a dit qu'il fallait que je téléphone pour prendre un rendez-vous. J'ai pris un rendez-vous, pour 15 h 30. À 14 h 30, on m'a appelée et on m'a demandé pourquoi je n'étais pas là. Il y avait une erreur. Était-ce volontaire ? En tout cas, il n'y a pas eu de suite.

Le 30 juillet, j'ai réécrit à l'émission télévisée « Sans aucun doute ». Cette fois, je n'en pouvais plus. Ma lettre était implorante : « Je suis complètement désespérée et je ne trouve aucun sens à ma vie car personne ne veut m'écouter et m'aider. » J'ai joint le double de mes quatre lettres au procureur général, les expertises, la requête en révision. Je n'ai jamais eu de réponse.

Et j'ai recommencé. J'étais alors inscrite en BTS, et, comme je l'ai dit, ça ne m'intéressait pas. J'ai passé l'année à chercher une solution. Début septembre, j'ai pris contact au téléphone avec un nouvel avocat qui s'est renseigné auprès de maître Martin, et qui a renoncé. Ça a pris quelques semaines. J'ai appelé un autre cabinet, j'ai parlé avec un stagiaire, j'ai tout expliqué, mais il n'y a pas eu de suite. Les jours passaient, et les semaines. J'ai cherché quelqu'un d'autre. Je faisais des listes, je cherchais de bons sites sur Internet. Et, enfin, j'ai trouvé quelqu'un qui me semblait bien, près de Paris.

Cette fois, l'avocat m'a reçue et j'ai eu l'impression qu'il m'a écoutée, et il a fallu que je recommence à zéro.

Avec une nouvelle expertise psychiatrique auprès d'un expert renommé, qui écrit des livres. L'avocat lui avait transmis mon dossier. Quand il m'a reçue dans son cabinet, le téléphone n'a pas arrêté de sonner. Il me posait question sur question, sans me laisser le temps de raconter les choses comme je les avais vécues et comme je les ressentais. Il m'interrompait tout le temps. Il semblait très pressé.

Résultat, il ne m'a pas crue, normal, il ne s'était pas donné la peine de m'écouter. Quand je suis sortie de son bureau, il m'a tendu un de ses livres sur l'inceste... J'ai refusé de le prendre, il a insisté. Par politesse, je suis partie avec. Je l'ai jeté à la poubelle sans le lire, et lui n'a même pas fait de rapport.

J'ai dû aussi subir un nouvel examen gynécologique. Et voir un autre psychiatre.

Tout cela a pris des semaines, des mois. Et ça n'a servi à rien. L'avocat a finalement renoncé. Mon père restait en prison. C'était l'hiver 2005. On venait de quitter la grande maison, et je m'étais inscrite à la fac.

Aujourd'hui, j'ai vingt et un ans. J'ai du mal à repenser à l'enfant que j'étais, je ne comprends pas ce que j'ai fait, ni pourquoi. Je ne comprends pas comment je n'ai pas réussi à réagir. Mais qui a compris ? Je m'étais enfermée dans une bulle, et tout le monde autour de moi m'a empêchée d'en sortir. En voulant me protéger, on m'a aussi enfermée. Quand j'ai sauté au cou de mon père, au palais de justice, au moment où il venait d'être condamné, on m'a très vite séparée de lui. Les avocats, les magistrats, jusqu'aux simples gardes : personne n'a compris, c'était pourtant la première fois que je semblais avoir conscience de ce que j'avais fait, et je le montrais à tout le monde, puisque je lui demandais pardon en public. Ils n'ont pas compris que je lui demandais pardon pour mon mensonge. Qu'est-ce qu'ils auraient pu faire ? Aujourd'hui, je ne sais même pas si je leur en veux.

J'essaie de comprendre ce qui m'a amenée tout à coup à parler à ma mère et à lui dire que j'avais menti. Que s'est-il passé cet après-midi d'été ? J'avais presque dix-huit ans, je vivais avec ce mensonge depuis trois ans, mais c'était comme s'il était en dehors de moi. Je pense que mon retour à la maison, auprès de ma mère, de mes frères, et sans mon père, a été aussi un retour à la réalité, et ça a cassé la bulle. J'ai eu envie d'en parler ce jour-là, mais ç'aurait aussi bien pu être un autre jour.

Je n'imaginais pas ce que pouvait être la vie de ma mère tout le temps où j'ai été placée. Je comprends que ça a dû être vraiment douloureux pour elle. Seule à la maison, avec mon père en prison, à qui elle rendait visite trois fois par semaine, mon petit frère qu'elle accompagnait les mercredis dans ma famille d'accueil, moi qu'elle ne pouvait pas voir, mon grand frère parti s'installer loin d'elle au Portugal… Ce n'est que maintenant que je me rends compte de sa souffrance, de ce qu'elle a pu vivre durant cette période et qui la marque encore aujourd'hui.

Mon père. Il ne me raconte pas ce qu'il a vécu en prison, mais j'essaie de l'imaginer. Je pense que la vie a dû être très dure pour lui, qu'il a dû se sentir vraiment humilié. Je sais qu'à la fin de chaque parloir il devait se déshabiller complètement comme les autres détenus. Il nous disait qu'il en avait marre, et je le comprends. Il a toujours pensé que je reviendrais sur mes accusations. J'étais sa fille, il savait bien qui j'étais, que je n'aurais pas voulu qu'il aille en prison. Il ne m'a jamais montré qu'il m'en voulait. Au fond, j'ai de la chance. Ni mon père ni ma mère ne m'ont jamais tourné le dos. Au contraire. Ils m'ont pardonnée et ils m'aiment comme avant. D'autres parents auraient pu rejeter leur fille. Pas eux. Aujourd'hui, je vois que j'ai des parents formidables.

Mes frères, ni l'un ni l'autre ne m'en veulent. Pourtant, ça n'a pas dû être facile pour eux non plus. Pour Frederico, des échos déformés de notre histoire lui sont arrivés jusqu'au Portugal. Il savait que mon père était innocent et il devait supporter les commérages du village. Francisco, lui, s'est retrouvé, à cinq ans, seul avec ma mère. Il n'a pas pu grandir avec un père à ses côtés, un grand frère, une grande sœur. Parfois, je me demande s'il n'essaie pas de rattraper le temps perdu : il est tout le temps en train de parler à tout le monde, il aime faire rire les gens, attirer leur attention.

Je les aime. Je sais que c'est grâce à ma famille que j'ai aujourd'hui réussi à revenir à la réalité, à reprendre le dessus.

Quand toutes les portes se sont refermées devant moi, avec ces avocats et ces magistrats qui n'ont pas voulu m'entendre, quand j'ai vu que personne ne voulait m'écouter, je n'ai trouvé qu'une solution : avouer à tous que j'avais menti.

Je suis consciente qu'avec ce livre je prends des risques. Je sais que je peux me retrouver à mon tour devant un tribunal, poursuivie pour délit de dénonciation calomnieuse. Je prends aussi des risques : à la fac, dans mon quartier, là où j'irai, ou vivrai, on pourra savoir mon histoire et ce que j'ai fait.

J'ai menti.

Mais je veux aujourd'hui dire la vérité.

C'est pour ça que ce livre existe. Je voudrais qu'il serve à prouver l'innocence de mon père. Je le souhaite de tout mon cœur.

Épilogue

M. Antonio Madeira a été remis en liberté conditionnelle le lundi 27 février 2006, après soixante-quatorze mois de prison, soit plus de six ans. Il a retrouvé son épouse et ses enfants.

Un second recours a été déposé en juin 2006, auprès de la Cour de cassation, afin que l'innocence de M. Antonio Madeira soit reconnue par la justice.

Virginie poursuit ses études universitaires, elle veut devenir professeur des écoles. Elle voit régulièrement ses parents.

Table

Ce volume a été composé
par Facompo à Lisieux (Calvados)
et achevé d'imprimer en août 2006
par ***Bussière***
à Saint-Amand-Montrond (Cher)
pour le compte des Éditions Stock
31, rue de Fleurus, 75006 Paris

Imprimé en France
N° d'édition : 75871 – N° d'impression : 062798/4
Dépôt légal : septembre 2006
54-07-5957/3
ISBN : 2-234-05957-7